姐妹花商店

索南才让 著

江苏凤凰文艺出版社

图书在版编目（CIP）数据

姐妹花商店 / 索南才让著. -- 南京 : 江苏凤凰文艺出版社, 2025. 5. -- ISBN 978-7-5594-9251-7

Ⅰ. I247.5

中国国家版本馆CIP数据核字第202581DR83号

姐妹花商店

索南才让 著

出 版 人	张在健
责任编辑	胡　泊
责任印制	杨　丹
出版发行	江苏凤凰文艺出版社
	南京市中央路165号，邮编：210009
网　　址	http://www.jswenyi.com
印　　刷	苏州市越洋印刷有限公司
开　　本	880毫米×1230毫米　1/32
印　　张	6.375
字　　数	120千字
版　　次	2025年5月第1版
印　　次	2025年5月第1次印刷
书　　号	ISBN 978-7-5594-9251-7
定　　价	52.00元

江苏凤凰文艺版图书凡印刷、装订错误，可向出版社调换，联系电话：025-83280257

目录

001　姐妹花商店

093　月亮和大漂亮

149　黑城之恋

姐妹花商店

1

二〇一二年的夏天,我在热水村的温泉疗养院治疗腿疾。我的风湿病十五岁就开始有症状,二十五岁几乎有感必应,比天气预报准。之后的二十年,是一个漫长而心碎的治疗期。我很怀疑自己的骨头可能比正常人脆弱一些,娇气一些,也可能高贵一些,但最有可能的是更无能一些。因为只要听到咔咔两声响,我就感觉自己矮了一些，好像碎掉了一层骨骼。身体的证据让我明白，我正在一步步缩小自己。这个过程就是一层层削去自己的过程。

这个疗养院没什么人。有一天，认识了一个叫博尔迪的年轻人，我们在同一个汤池里药浴，相互介绍了自己。他二十五岁，也患有严重的风湿病，慕名而来医治。我们聊了起来。他情绪低落，说如此这般已有二十天，不见一点成效，稍有风吹草动便痛得夜不能寐，可见传说的神奇温泉狗屁不是。

对我很管用啊，你怎么会没有效果呢？你不可能比我更严重。是不是药引子有问题？或者是其他方面的问题。我说。

我今年刚来，以前没来过。他说。

你是哪里人？我问他。我看他面熟，是不是一个熟人的儿子？我猜他应该是上恰热一带的人，他说蒙古语时，带着那一带的口音。

我是温多的。他说。

温多？你是谁家的孩子？

我是阿秀家的。他说。

阿秀，阿秀是谁，哪个阿秀？

就是更德拉的女儿，我是阿秀的上门女婿。他有点不好意思地停顿了一下，接着说，我是她男人。

哦，原来是这样。原来是更德拉的女婿。更德拉，我多么熟悉，有过纠葛的一个人……如此一来，我对他更感兴趣了，我想知道他怎么和阿秀结婚了。当然我没表现出来，否则我们都会很尴尬。

后面的聊天里，我知道了他是哲克尔的儿子，在温多出生，小时候去了央隆，后来又回到温多，两边时间都待得差不多。他父亲去世后，他懦弱的母亲带他改嫁去到央隆。成年后博尔迪又独自回到温多。但他家老屋早已倒塌，仅有的那片可怜草场已经出租到了二十年以后，租金早在他们一家还在一起的时候就花光了。他寄养于父亲的老朋友家里，放了一年羊。然后不知怎的，在县城开起了出租车。现在他又回来了。

他的父亲是被人打死的。发现的时候已然气绝。哲克尔戴了几十年的那个黄铜金刚杵，戴在博尔迪的脖子上。

汤池里水位在下降，这次药浴的时间快到了。我们两个被热水烫过的身体，在下午的阳光中显现出饱满的橘红色。博尔迪站起来，体型壮硕，红脸上是失望和愤怒。他似乎想立刻离开，但又踌躇，因为我还没问完。

你在开出租车，怎么又回来了？

博尔迪又蹲在汤池里，大包大揽地说，家里事多啊，阿爸身体不好，阿秀和阿菊两个女人很多活儿都干不了，我没有时间去开车了。

更德拉怎么了？

他摇摇头，说，一些老毛病。

我端详他，是个骨骼坚硬的小伙子，木讷中带着一点也不成熟的世故。他终于向我道别了，摇摆着身躯走远。我以为第二天能看见他，但其实当天晚上他便离开了。

半个月后，我完成了一个疗程的治疗，带着轻松了身体的喜悦回到了牧区。在小辛山山口的羊毛收购站，我和同事大成换了班，送他离开。他将回到县城的单位和家里，而我将在这个牧区待到剪了羊毛的牧民将羊毛送过来，有可能是二十天或者是一个月，这完全要看牧民们的羊今年的体质状态。作为海晏县畜产公司的职工，在过去二十多年里，我有二十年的夏天都在德州牧业村的夏季营地，度过这样一段很惬意的外派工作。这是我需要的，因为在我很小的时候离开求学之前，对这片故土的深情就已和花草一起，根植于此了。我每年和花草一样，开放在这里，袒露着我躯壳里的糟糠。

这里枯燥且辛苦，在很多同事眼中是个十足的苦差事，可于我而言，却是难得的享受。哪怕为此遭受风湿病的折磨，也甘之如饴。更愉快的是，没有人跟我抢这个苦差事，我几乎承包了这片牧区的每个夏天。经年累月，我对周边的牧民们的熟悉感从未陌生下去，每一户人家的基本情况我都了如指掌。我心中的地图上，每个人家的繁衍生息、兴旺与败落皆有迹可循，如同这里一片片草场的繁茂与干枯，交替在命运里行进。

有太多时刻，清闲下来，我坐在帐篷门口，眺望河水对岸肉眼堪堪能见的那座山根，那里灌木稀疏了，没有了黑黝黝能够影响天空颜色的密度和气势；大草圈不见了，留下的是泼过硫酸一样的惨白痕迹。我准确地找到安扎过我们家大毡包的位置、小帐篷的位置、拴马柱的位置、牛圈和羊圈的位置、挤奶的位置、倒炉灰的位置，还有那些发生过许多意义深远的事情的位置……我找到这些位置，一次次加深记忆。

我回来的第三天，在距离我的帐房不远处，安扎了两顶白色帐房。一块写着"姐妹花商店"的牌子，在两座帐房之间的空地上醒目地竖立起来，两个女孩在进进出出地忙碌。其中一个我见过，是更德拉的大女儿，叫阿菊，另一个就是博尔迪的老婆阿秀。阿秀上学的时候我几乎没见过，而她出事回来后，这也是我第一次见到她。

她们发现了我，挥手打招呼。阿秀高声喊，你好啊，羊毛人。

我也高声回应，你们好啊，草原姐妹花。

她们听后咯咯笑，又喊道，请你吃晚饭啊，羊毛人。

我说好啊，我带水果来，我有苹果。

姐妹俩又喊，我们要吃三个苹果，你有吗？

我挥挥手，放心，我有很多苹果。

我从床底下抽出储藏箱，苹果完好无损。找到一个塑料袋子，装了十几个。我在那张菜碟子大小的镜子前整理仪容。我审视自己的样子，并不很糟糕，尽管更多是有自我安慰的成分，我还是很高兴。但我突然感到吃惊，过去这么多年，难道我又要和更德拉产生因果吗？我很难理清自己的心思,带着困惑,我走向"姐妹花商店"。

苹果在袋子里沉甸甸的,苹果香在风中若有若无。

2

"姐妹花商店",这几个大字用红色油漆刷在一张薄铁皮上,下面一个括弧里,小小地写着两个字:饭店。所以这既是一家商店,也是一个饭馆。但是现在因为刚刚搬来,她们只来得及将商品摆出来,饭馆的营业暂时顾不上。商店里的商品没有什么特色,都是一些日常用品,大多数是食品,从挂面、方便面到各种啤酒饮料零食,应有尽有;服装也有,帽子、衬衫、羽绒服、冲锋衣、牛仔裤、皮靴、皮鞋、雨靴、毛衣毛裤、各种颜色款式的头巾和袜子,女性的偏多。我参观的时候,阿秀已经从头上的帽子到脚上的鞋子,都给我量身介绍了一套。然后眼巴巴看着我,意思不言而喻。我尴尬得不知如何是好,心里叹气,打算如她所愿买一两件。不过,我还没表态,阿菊就阻止了妹妹的无礼。我们到了她们生活起居的帐房里。

我记得我和阿菊最近一次见面，好像是在一辆班车上。阿菊和更德拉坐在一起，隔着几个座位，我和更德拉点点头，这已经过去几年了。现在再次见到她，只觉得世事恍惚，她的样貌不能算漂亮，但因为是脸上圆润了一些吧，又或者褪去了一些青涩，她变得很有女性的沉静与丰富，五官的性感有不可阻挡的魅力。而更明显的，是她身上隐而不发的忧愁，她苦涩的气质也让面容发生变化，使得紧致脸蛋上的红润时刻处于躲藏的状态。她有点像病美人。我的眼睛留在她身上，但和我说话的是阿秀，这个在学校出事后才真正出现于德州人视野中的女孩和姐姐长得七分像，但面部的表情无疑更加活泼。刚开始，我怀疑她有些心智不成熟，因为她说话经常没有章法，东一句，西一句，明明嘴上说这个事，但心里突然冒出来另外一件有意思的事，她嘴上就毫不知情地说出来了，把原本在说的事挤到一边甚至直接抹去。所以我和她聊天，感到很吃力，她动不动加上一句，你说对吧？对吧，对吧？我头都大了。

她提问题也很特别。我刚坐下没一会儿，阿菊给我倒了一碗恰到好处的熬茶，茶里的荆芥和藏茴香的香味提神醒脑，让人神情通透。这么好的茶我还没享受几口，被阿秀一连串的问题给破坏了兴致。她先是问了我几个有关于年龄职位工资之类的问题，一转，突然问，你说你每年都在这里，那么在以前，这里的商店的生意好不好？你觉得我们姐妹的商店会赚钱吗？

事实上她这个问题我在走过来的这段路上就想过了。因为这里几乎每年都有陌生的帐篷商店出现，这些商店看上去很热闹，一副在赚钱的样子，但第二年就不来了，很少有连续几年都坚持营业的。所以我说，我觉得你们会赚钱，但首先要打出口碑。

怎么打口碑？阿秀很感兴趣地朝我身前凑了凑，一双眼白洁净眼眸乌黑透亮的眼睛一瞬不瞬地盯着我。我躲开她的目光，说了几条建议，比如搞个促销什么的。阿秀说，哦，我懂了，就是县里来的服装展销的那一套呗。我说，没错没错，大家就吃那一套。阿秀说，你这个主意出得不错，阿姐你说是不是？

阿菊在一个塑料盆里清洗几条蓝色的抹布。抹布干净得像新的一样，但她还是洗个不停，好像她能看见那些我们看不见的脏东西。她们起居的这个帐房里太干净了，让我如坐针毡。就说我盘腿坐着的这条用五种矿物颜色染织的牛毛毯子，简直可以说是一尘不染。我刚进来，被热情地招呼坐下的时候，着实纠结了一番，因为这么干净的地毯让我怀疑根本不是穿着鞋可以坐的，但我又不想脱鞋，我绝对不愿意让脚臭味熏满整个帐房。

还是阿菊看出来我的尴尬，说，赶紧坐吧，不用脱鞋。她还表现出一种这么干净真的很抱歉的意思。我坐下来，出于一种求证的心理，我开始严肃地检查帐房里的所有物品，果然，能看见的东西均没有一点灰尘或污垢，所有的东西都被赋予了光彩，整个帐篷都在熠熠生辉。我赏心悦目，又怀疑她是不是有洁癖，还是很严重的那种。她穿着洁白的翻领衬衫——她们姐妹俩穿着一模一样的衬衫——外面套着一件红黑横条纹的羊毛马甲——阿秀的马甲是纯黑的——一条洗得发白的灰色牛仔裤和一双需要扣纽扣的棕色皮鞋……姐妹俩的打扮很朴素。意识到这点，我低头看看自己的穿着，虽然没有她俩那么干净，但也算是整洁，我心理压力小了很多。

阿菊洗完抹布，换了一个塑料盆洗苹果。将每一枚苹果洗了三遍，这才很漂亮地摆在一个搪瓷碟子里，端到我面前的矮桌上。在阿秀的坚持下，阿菊也没有着急马上做饭，坐在阿秀旁边，一起吃苹果。阿秀很感慨地说，还是你们上班的人好，吃的用的都比我们好，我已经有半年没有吃过水果了。她话里话外都在挖苦我，对我每个月领那么多工资嫉妒不已。少顷，她又说，你挣那么多钱花得完吗？我说，干吗要花完呢？存着不好吗？阿秀说，你存钱干吗？给谁呢？我说，当然要给我老婆啊。她说，可是你已经老了，而且没有老婆。阿菊用胳膊肘子顶了一下阿秀。阿秀说，你其实也不老。阿菊又顶了一下。阿秀说，你干什么，我道歉了。阿菊尴尬地站起来，说要去做饭。阿秀把手里的苹果核扔出帐房门外，再拿起一个，在手里盘转了一圈，找到一个适合咬第一口的地方。她对着我把嘴巴张得大大的，一口咬下去，咔嚓！寂静中一个响亮的声音。阿菊终于受不了了，冷硬着声音叫阿秀过去帮忙。她又轻声对我说，仁钦大哥，我们吃炸酱面可以吗？我说，我吃什么都可以，我很爱吃炸酱面。

姐妹俩活泼的气息紊乱了我的心态，我的肌肉和血液也悦动起来。阿秀不用说了，她的性格虽然有点别扭，但是很感染人；阿菊显得沉默，但她如一口不喷发的火山，内里聚拢的是炽热的岩浆。我想起一句话：将一切阴暗变成光明，将一切光明遮得阴暗。不知道为什么，我总觉得阿菊就是那个把阴暗变成光明的人，而阿秀是遮住光明的人。

我听她俩轻轻细语和偶尔轻笑，她们所在的这块地方，过去多少年的那些往事宛如幻觉凭空浮现，再缓缓落下，和她们，和几个帐房影影绰绰地重叠，变得模糊而变幻了。我明白我终究还是未能脱离那个事情之因果的羁绊，坐在这里，不得不去将呼之欲出的那段记忆迎接进来，来到我的身边坐下，像老朋友聊天那样，我知道我不得不面对它。可惜往昔不堪回首，我也只能将这团愁绪，或情愿或勉强地化作一股柔情，投在姐妹俩身上，我试图在她们那里得到连我自己都不知道是什么的东西，但我知道那个神秘之物对我很重要。

她们做好饭了。拉条子像火柴一样细，面劲很足，说明和面和得好，醒面醒得好。炸酱是干牛肉，切得细碎，佐以胡萝卜丁儿、葱末、蒜末爆炒出香，勾芡高汤而成。出锅瞬间，一股难以形容的香气弥漫帐篷，勾起馋虫无数。这样的厨艺，没有个十几年的训练真的做不到，这也是事实。我知道更德拉的妻子，她们姐妹俩的母亲很早便已去世，而更德拉再没有续弦，所以只能是阿菊小小年纪便承担一家人吃饭的重任，把自己锻炼成一个厨艺高超的女孩。我都可以预料到她们生意的火爆了。阿菊给我盛面用的是一个比脸还大的瓷盘，面多酱足。第一锅面基本上都盛给我了。我调醋，调辣子油，由衷地赞叹说，姐妹花饭店，必将以饭菜的质量、服务的周到和工作人员的美丽而声名远扬，生意兴隆。我吃到一半，第二锅面捞出，姐妹俩端着面坐我下首。开吃前，阿菊说，仁钦哥你别客气，请多吃一点。我说，我这一盘吃完，明天早饭午饭都不用吃了。阿秀说，真夸张，所以你刚才夸我们的话也不能信。我说，怎么会，我是认真说的。

　　一盘面吃完，又说了几句话，我赶在阿秀接下来一大堆问题出现前起身告辞，郑重地跟姐妹俩道谢。阿菊送我出来，说，仁钦哥，你刚才说的，我很担心。我说，其实也没什么,我多嘴一句就是想让你们生意兴隆,红红火火。不过,要是你愿意想想,我就告诉你。这个地方过去这些年大概有七八个商店开过,无一例外,都成了喝酒闹事的地方,打架斗殴更是数不胜数。但是我刚刚仔细一想,其实也不必担心,因为你们这么漂亮,来你们商店的人会很多很多,喝酒闹事是免不了的,所以换不换地方其实无所谓。

你是说我们会招蜂引蝶。从后面跟出来的阿秀嚷道。

没有没有,我不是这个意思。我落荒而逃。

晚上,我洗了干涩的脸,涂了隆力奇润肤露。我硬邦邦的下巴上的胡须只是一天没有处理,便齐刷刷地生成了一茬,青扑扑的难看。我的眼袋比冬天时要小一些,但也明显。在和她们聊天的时候,我唯独羡慕了她们眼睛下面的平整光洁,那是一张好干净的脸开始的地方,而我早已惨败。躺在床上我失眠了,阿菊是一个难得的好女人,是世间珍稀的灵魂,但这种幻想很快破灭……特别明晰的谴责让我喘不过气来,我震惊自己由坚定而一点点改变自己立场的变化。

躺在软塌塌的钢丝床上,翻来覆去不能入眠。我难以抑制地回忆过去，脑子里，身体上，都那么诚实地想回到过去，把那些事情轻轻擦拭一遍……对过去生活的无限渴求绑架着我。

凌晨到了。我起身，穿好衣服，出去把帐篷铁门关好。

外面亮着，月亮高高清明。

我直直朝河边走去，踩着碎如繁星般闪烁的水浪渡河。河底的样子已经变了，再不是当年我一次次来回往返时熟悉的感触，但再怎么变，一些地方依然是老样子。那块巨大的只露出水面一个尖尖脑袋的石头，它水下的身子还是那么油腻光滑。我依然习惯性地在露出水面的尖头上面扶了一下，稳住身子。河水水位比那时候下降了很多很多，也许是我长大了的缘故。但水的寒意还是那么有穿透力。我哆哆嗦嗦地爬上岸。自从这里家没了，自从我参加工作以另一种身份开始生活，二十年来我首次重新回到这片牧场。好汉不提当年勇……我还是流下了复杂的眼泪。

我家曾经的营地现在是父亲小白的那个家族的地盘，却不是我家的营地了。当年我家分到了草场，那是有山有灌木林、有河滩有湿地和平地的一大片草场,是河南岸这片地区最讲究的一片草场。那是小白抓阄抓到的,他得到这片草场,拿着证明这片草场属于我家了的盖章合同回家时,同样喝得醉醺醺的,但母亲没有责怪他。母亲用最肯定的语气说,这些年,每当到了关键时刻,小白的运气从来都是最好的,而这样的运气,是别人没有的……

后来,如果不是我们这个家散了,如果我没有成为一个上班的由国家发工资的人,更重要的是,如果这个家族能够接纳我这个被小白捡来的儿子,那么现在我依然还是一个有草场的人,能把这片甲等级的草场继承下来。然而事实是,我被驱逐出了自己的草场,小白的兄弟姐妹,更有血缘上的理由来继承这里。

小白的这个家族盘踞在此早已超过十年,现在大家都默认了这里就是他们的原始牧场。当年,父亲喝了酒,每次都要说的豪言壮语,不及付诸行动便死沉下去了。但在当时,他肯定觉得把这里好好占据住,将来分给两个儿子是大为可行的事。我不想去营地,费力地在黑黝黝的灌木林中攀爬,登上了野鸽子洞山崖最高处,坐在以前和哥哥一起玩过的地方。青荧的夜空下，整个营地尽收眼底。

3

父亲小白——这个名字是登记户口的人擅自改的，他的本名只存在于世几个月便消散了——开始对更德拉付出真正的友情，是因为更德拉的儿子去世。那是草场分配到户的前一年，已经有风声传出，说要分草场了。大家都很高兴，因为分了的草场以后就是自己的了，用不着再和大家一起抢长好草的地方。但是也有困难，一旦分好了，就要拉网围栏。无论是铁丝网还是水泥杆子或铁杆子，都需要一大笔钱。基本上大部分人都拿不出这么一笔钱。牲口少的牧民可能需要卖掉一半的牲口才能把自己的草场圈起来。怎么分草场成了那个夏天人们热衷的话题，每个人都想知道别人的想法。小辛山口帐房商店的拴马柱上，天天马满为患，小白也是心里焦急烦恼，因为他就是那种需要卖掉一半牲口才能把自家的草场圈起来的人。他想知道和他一样的人到底是怎么想的,是不是会有什么别的好办法。有了这个借口,他天天往河对面的帐房商店里跑,喝酒喝得理直气壮。母亲一说,他便操起大嗓门嚷嚷,我不喝酒怎么和他们说话,你懂什么?母亲说,你平时不也照样天天喝吗?现在往脸上贴金,贴得住吗?小白说,这和以前能一样吗?以前喝酒就是喝酒,现在喝酒我要耍脑子,要听很多话还要想,还要打听很多事,这样的酒能喝舒坦吗?母亲说,你就知道舒坦,你舒坦了一辈子,把家都给舒坦成穷裤裆了你还舒坦,你一手把我们娘儿们饿死算了,然后你想怎么舒坦怎么舒坦去。小白大怒,说,贼婆娘,一天天就知道喊穷,就知道说这个不好那个不成,好好一个家都被你这个贼婆娘喊败了。他抓起皮夹克,踢开帐篷门朝自己的马走去。这匹可怜的马刚从对岸商店的马桩上解脱,来不及吃几口草填填肚子,就又在小白一顿催促下冲过河,回到了那个几乎被马粪埋没的马桩前,和其他的同伴再次相逢,仿佛没有离开过。

母亲气得嘴唇发抖,哭了一通。

我和哥哥安库好言好语劝住她,把家里所有事情都干得妥妥的。那年我已经十九岁了,安库大我三岁。所以小白在不在家已经无所谓。因为家里的什么事情都不用他操心(他什么也操心不上),就算是给草场拉铁丝网这件事,其实他也是自欺欺人在搞笑,我们哥俩基本上已经商量得差不多了,就等明年草场分好了,我们自己干起来。我暑假一到就回来,我们先把水泥杆子自己做出来。倒水泥杆子根本没有多少技术,只要有力气就能干。水泥、沙子、钢筋这些材料安库会提前准备好。倒出水泥杆子,我们自己拉网围栏,这样就能省下一大笔钱,唯一不能自己做的就是铁丝网,这个需要去买。但买铁丝网也有讲究,有的小厂便宜但质量不好,有的质量好但不便宜,就看怎么选了。这让我们很纠结,因为这其实是在选择先度过眼下的难关以后有条件了再更换一次,还是一劳永逸,咬牙用最好的,以后就省心省力省钱了。无论选择哪种方式,先探听到一些厂家的信息是重要的,所以安库让小白多打听。小白也确实时不时带来一些讯息,不管真假反正安库都很认真地记录下来。他未雨绸缪,将这件大事会遇到的困难都提前考虑清楚,并制定一两套解决方案。我跟着他做这些事,觉得生活有趣，大有可为。

小白这次气冲冲离去，我们以为几天都见不到他，没想到不到两个小时他便回来了。回来的时候，牵着一匹陌生的马，马上搭着一个男人。小白老远就喊我们兄弟。我们迎过去，诧异地听着搭着的这个男人的哭泣声。因为腹部沉沉地压在马鞍上，他的哭声很别扭，好像哭声是被一股一股挤压出来的，每一次的声音还都不一样。我从小白手里接过马缰，这匹白蹄子黑马黑鼓鼓的眼睛警惕地斜瞥着我。我一边出声安慰它，一边靠近，抓住了它的辔子。安库把这个满脸眼泪鼻涕的人拉拽下马，放倒在地上。

拴了黑马，我们居高临下地俯视这人。我不认识。是一个和小白年龄差不多的黑脸人。安库说，是更德拉，和小白一样的酒拉拉。我们把这个人抬进帐篷，他还在一个劲儿地哭喊。

他的儿子殁了，你们不知道吗？小白说。

老天爷，春天我还刚刚见过，和仁钦你差不多大。母亲看着我，悄声说。我努力回忆，根本不认识。安库认识，因为他的脸色变了，问小白，他出什么事了？

我儿子让洪乎力大水淹死了,呜呜呜呜,我要报仇,我要把大水炸掉,炸成屎……

更德拉自己擦干净了脸上的污秽,已经在毯子上坐起来了,又哭又说。母亲突然化身圣母,和小白一起想尽办法开导更德拉。我和安库走出帐篷。安库说,塔尔拉做事说话都和一般人不一样。他是想法比较不一样的一种人。安库没有说他和这个叫塔尔拉的可怜人之间是否存在友谊,但是这天剩余的时光中他闷闷不乐,心神也很恍惚。到了傍晚,我们去赶奶牛,我半猜测半肯定地说,你和塔尔拉的关系很好吧?是好朋友?

安库没有正面回答我,但也回答得很清楚。我本想拉铁丝网的时候叫他来帮忙,只要我开口,他不管在干什么一定会过来。

安库少了一个很重要的朋友。

次日上午,他在鸽子洞附近找了一块大石板,用小榔头敲敲打打,弄成一块像墓碑一样形状的东西。我帮忙放到他背上,背到河岸和鸽子洞山崖最近的地方。我们寻找一处可以让灵魂安息的风水宝地。安库斟酌再三,认为他脚下的小土包靠山面水,能避开东风西风,视野开阔，可以最近距离看清河对面进出山唯一道路上的情况，是塔尔拉喜欢的。

我说，既然你非要立个墓，那也得有点他的东西。安库从上衣内兜里摸出一副很脏很烂的扑克牌，说，这是我们玩了很多次的牌。又把头上的帽子抹下来，说，这个也是他的。

我们用铁锹挖开一条很深很窄的坑，先把牌和帽子放进去，再将墓碑的三分之一埋进去。在刻字这件事情上，安库犹豫不决，一会儿觉得，"挚友塔尔拉之墓——安库立于2002年仲夏"挺好，一会儿又认为"有的人死了，但他却活着——挚友塔尔拉之墓"很好。

最终，当我们将墓碑固定于土地上，牢靠得不可撼动了，他做出决定，选择了后者。于是我在墓碑上用铅笔勾勒出了这些字："有的人死了，但他却活着"，竖写于正中，每个字有拳头大小；右下角一行"挚友塔尔拉之墓"是小字。我写得很规整，一笔一画不含糊。安库很满意，也不再纠结我这样的写法是否符合墓碑的规矩。

字描好了，我便用钉马掌时用的锥子和小锤子一点一点地凿出来，整整用了一上午才完成。

塔尔拉的墓碑竖立起来了。

他是这里第一个有衣冠冢和墓碑的人。

夜光如水。

我有点冷。我站起来,像从前骑马时间久了活动筋骨那样活动身子。月亮撩动起来的凉风带着足足的水汽攀上山崖来,穿跳而过后的灌木沙沙地响动,河水哗哗地响动,背负着翻滚的往事从墓碑前无尽地流远。我知道看不见幽凉的墓碑,但我还是踮起脚尖朝着山崖下的那个地方眺望。我已经有二十年没有去那个地方了。安库嘱咐过我的事情,我一件也没有办到,无颜面对他。但是,从羊毛点那里,我无数次用望远镜对准墓碑,用遥远的距离看望了他们。安库的每一个忌日,我都会长时间地用望远镜和他交流,我会告诉他一些我的事情。但是我没有告诉他父母的事情和草场的事,我不想把我的无能说出来。

今夜,被一股莫名的力量裹挟,我冲破了对自己加固了二十年的束缚,来到曾经的家,但我还是没有勇气去看看他。我按原路返回,回到帐篷里,轻轻地躺下。夏天的夜空轻盈敏捷,已经亮起来了。

4

博尔迪第一次来羊毛站的时候我还在睡觉。六点多渴醒了一次,下床到塑料水桶前,舀了勺凉水一口气喝完。从门缝里看看外面,安静极了。再次躺下,闭上眼睛时心里想,昨晚登山有些用力过猛,膝盖又要犯疼的样子。博尔迪敲铁皮门哐哐响,手劲儿很重,我从梦中惊醒,恼怒地问,谁啊,干吗这么敲?

博尔迪在外面嘿嘿笑两声,说,是我呀,老兄,我博尔迪。

其实我已经听出来是他了,我故意说,你怎么在这儿?博尔迪说,别逗了老兄,我都知道你是谁了,上次你都没说你是我们羊毛站的。我起来去把门打开,一边请他进来一边说,你不是也没说在开商店吗?再说,我都在这儿二十多年了你不知道,你以前难道没来过这儿?博尔迪说,来过啊,小时候住了几年,我也来过商店,也看见了你在这里,但我不知道是你啊,从来没见过你,但我现在知道了。他带着好奇和探究的神情把我上下扫了几遍，那眼神说不出得复杂。我有点愠怒，说，你干什么？他打了个哈哈，说，没啥没啥。

博尔迪请我去吃午饭，我说不了，问他饭馆什么时候开张。他说，明天就可以。我说，那就太好了，以后我不想自己做饭，就去照顾你们生意。他说，那不行，我们不能赚朋友的钱。我撒谎说，我这是可以报销的，自己不用掏一分钱。他说，那太好了，你多来吃饭，要不你干脆把三顿饭都在我那儿吃了吧。我说，不行，单位报销有要求。他说，那也没事，难道单位不报销我们还不吃饭了？我说，再说吧。

后来一些天，我的确吃过很多次姐妹俩做的饭菜。我在她们那里立了个账目，最后结算。这样做的人除了我还有很多牧民，他们手头上不宽裕，便要求开设"账户"，吃饭买东西都记在账上。"姐妹花商店"允许记账，但买大件东西或是金额超过一定数目的话，就会在其之上添加一小笔，算是利息。比如一个人买东西超过五十块钱，那阿秀就会说，我在里面多加五块钱你没意见吧？但也别忘了，10月10日是还款最后期限……

我煮了茶,搬了小马扎在帐房外面,我们喝着茶,吃着压缩饼干聊了一会儿。他盯着压缩饼干说,这和我们家买的不一样,你的更好吃,味道很多。然后他看着我的蓝帐房说,我好好研究了一下,你的帐房的质量真了不起,下再大的雨也不漏吧?这是什么材质?还是国家的东西好。

我有心引导话题,说了几个在学校时的糗事趣事,眼看他兴致也上来了,便问他,博尔迪你是在哪里上学的?他说,我换了两三个地方,好不容易上到初二,就实在读不下去了,家庭的状况也不允许,我自己也没有读书的心思。他又说了一些在继父那边的生活,那么糟糕。我听着,生出一股莫可名状的优越感,因为我想起了小白,他对我那么好,我看他几乎是很早以前起就忘了我是捡来的别人的孩子,就如同他忘记了安库是哪一年出生的一样。

等博尔迪说完,我说,这可能有点无礼、冒昧,但我真的挺想知道的,你和阿秀,你们是怎么认识的?

博尔迪说,哦,我和阿秀,你既然都问了,无理也罢冒昧也罢,我就说说吧。你知道阿秀的那件事,对吧?

你肯定知道，不然你也不会问。这事传得沸沸扬扬，我只知道后面的事，你要听吗？

我说，当然当然，但你别误会，我完全没有其他任何意思，我就是好奇。

博尔迪不置可否地点点头，说，阿秀从学校被我岳父接回家，她想了几天，决定不再去上学了，于是她调整了学生模式。首先改变了生活作息。在学校要早起，每天六点起来背课文，背公式，背单词。但在家里，睡到九点十点没人打扰她。至少在前两个月，她多多少少享受着心灵身体受到创伤而休养的待遇。睡醒后，合并早餐午饭一起吃，心不在焉地听着阿菊的唠叨，然后故意顶几句嘴，把她气得变了声调，她也吃完饭了，瞅瞅外面的天气，如果风和日丽，就去找阿爸。阿爸在修理草场的铁丝网，不让别人帮忙，真奇怪他的心理。阿秀看得出来，他特别享受一个人干活、一个人放牧时候的孤独，好像他千百世都是一个在孤独中自在行走的人。他讨厌别人打扰他，他珍视这份独有的宁静。但阿秀不管，只要天气好，她便去找他，也不说话，只是坐在一边发呆，打哈欠。阿爸偶尔回头看看，气呼呼地摇头，他是一个话特别少的人，若无必要，一天也不说一句话。

也不知道是哪一天，阿秀像往常那样坐在半坡的草丛中，突然念头跳出来了：自己该去报仇了！

此前，她几乎都忘了他。她甚至有种疑惑，自己真的和他睡觉了吗？和他做爱了吗？真的被强奸了吗？真的允许他进入身体了吗……

她有些惊心动魄，不敢相信。所以等认清事实之后，惊觉自己居然还没有去报仇。离开学校已经几个月，该报仇了。

她准备了一篇说明文章，写了这个人在学校欺凌女学生，心理扭曲变态的虐待行为，他会因为欺负了女孩子让她受惊哭泣而兴奋不已，他所有恶劣举动都是为了满足自己不能控制的变态欲望。写的过程中，阿秀惊呆了，不能接受自己居然欣赏过这个人，真是瞎了眼的蠢货，活该受辱，咎由自取。可能从某个意义上来说都不能怪别人，因为在"事件"发生前，她积极参与，从未被动。也许正是她的积极给了他"进一步"的勇气。所以，她倔强地不想把自己完全放到受害者的角度去，因为她自愿接近他欣赏他，深入地参与……她知道和一个年轻男子如此亲密意味着什么，但她还是义无反顾。也许她内心已经做好了"奉献"的准备，没想到得到的是羞辱。

无论如何，她写了八百字。她将这份"材料"复印了一千份，贴到了每一个地方。学校门口也贴了，贴得更多。复印店老板看了她的血泪史，大生同情心，没要一分钱。那几百字写得特别好，可以说在各界人士那里得到了广泛的反响，产生了超出预期的影响。

……整个县城的人知道了这件事。大家相互传递情报，好像发生了天大的事情。这种反应已经在实际上超出了这件事情本身，但那又有什么关系呢？其实有些事到了一定程度，就是走出了最初的动作后，后面会自己走，是不需要再去做什么的。她散发了传单，剩下的事情轮不到她参与了，她成了一个旁观的人，有那么多人冒出来严肃地对待这件事，他们组织起来去学校要求给一个明确的、有效的答案，他们都知道了她是受害者。但他们讨公道却不是为了她，而是为了他们自己的孩子、他们的孙子着想。因为这个害群之马还在学校里自由自在，逍遥得不得了，仿佛任何事情都与他没有关系，而他们怎么能不担心呢？阿秀明白这些，乐得躲在后面看戏。事情的发展让阿秀感到满意。胡鑫被开除了。在学校门口，他经历了也许是他人生最残酷的一次集体攻击。漫天的谩骂将他和他的父亲淹没。甚至有人说要打死他，有人说要让他小心点，还有人撕他的衣服，但他的父亲和学校的保安拉开了人流。阿秀全程观看，身体热乎乎的。人群不肯从学校门口散去，他们意犹未尽，想让校方做出一个承诺。她悄悄地跟着他，他父亲骑着摩托车来的。阿秀堵了一辆出租车跟着，想知道他住在哪里。他们离开了县城，去的是西面的方向，经过了煤渣场，在环湖东路口那里，他们的摩托车朝黄草掌去了。出租车师傅问她，丫头，你还要跟着吗？他从后视镜里看着阿秀。她点点头，司机很有经验地跟上去。阿秀看到他们停在一栋外表和村里其他的房子没有什么区别的大门前，取了摩托车上的东西之后，进去了。她有点失望，也不知道自己在期待什么，是他被他父亲狠揍吗？还是更愿意看到他们一家就此翻脸，闹出更大动静？这些可能都会发生，但她看不到，其实也不想看到。

她让师傅回去，这师傅终于忍不住了，说，丫头，你到底在干什么?

我跟踪啊。她说。

你的目的是什么?你可不要做糊涂事。

你电视剧看多了吧,想什么呢?回去吧。

师傅笑着说,好,回去。你是中学生吗?

以前是,现在是家庭主妇。

家庭主妇?他再次通过后视镜看着阿秀。你结婚了?

没有,但也快了。她说。

我不太懂。师傅不再和她说话了。开始以比来时更专注的注意力开着车。阿秀想他一定是吓到了,这么小结婚,他想她是一个多么可怕的女人……他心绪中会出现千百个不像样子的她在折磨他,哪怕这种折磨只有很短暂的一刻,也让她觉得特别高兴。因为报复男人的那股气还并没有跌下去,还在一种状态中。阿秀忍不住哈哈大笑起来。师傅偷偷瞄一眼,什么也没说,仿佛没有听见。他越是这样,阿秀越不想放过他,说,师傅,你叫什么名字,结婚了吗?

他有点不愿说话的样子,那眉毛拧啊拧的。但还是说了,我叫博尔迪。

博尔迪？很好的名字嘛，你年纪也不大吧？

比你大多了。

有多少？

你十几岁？十五？还是十六？我二十五了。

哎，你结婚了没有？

他吭哧吭哧了一会儿，说，没结。

为什么没结？

我不知道，大概是因为我太穷了吧。他无所谓地说。

喂，你是哪里人啊？

我是牧区人。

哪个牧区的？

温多的。

温多？你是温多人？我是德州人啊，我们是邻村啊，可是我没见过你。

他扭过头，第一次大大方方地看阿秀，说，我也没见过你。他心中的好奇让他再次扭捏起来，忍不住又问，你针对的那个人是……

阿秀从背包里掏出一张纸给他，说，你看吧。

他一脸愕然地看完，说，那个人就是——

对啊，你不是看见了吗？

他挠挠头，不解地问，可是，可是你怎么不告他呢，让他坐牢啊！你就这样让他逍遥法外？

我觉得够了，我已经报仇了。你看他今天的遭遇，你看见了吧？这次经历会永远伴随着他的。

可是，那也太轻了，就应该让他坐牢，哪怕坐个三两年都可以。

我阿爸说，我们草原人，不兴那一套。

太可笑了，这种事还要讲究这个，有什么可讲究的？

不许说我阿爸。

博尔迪唉声叹气，说，好吧好吧。

他把阿秀送到家里，临走前他们添加了联系方式……

我们没坐一会儿，阿秀在那边喊开了。博尔迪再次请我去，我说晚上去。我目送他进入自己的帐房，几秒钟后阿秀出来了，径直朝我这边走来，都不用猜她来干吗。我赶忙将茶壶和碗收进帐房，关好门迎过去。她很不满地质问起来，怎么，你这个人架子好大，还要我一个美女亲自来请，我男人请不动你是吧？我说，没有没有，怎么可能。阿秀说，听博尔迪说，你们认识？我说，是啊，我们是朋友。她说，朋友吗？博尔迪可不觉得哟。

到了帐房里，博尔迪嚷嚷起来，老兄，你不给我面子啊，我可是请了你三次啊。我说，得了吧，你还说我们不是朋友呢。他说，阿秀说的吧？别听她的，她在挑拨离间我们的关系。阿秀说，我没有，你还说那老头话多得很，问个没完没了。她说完幸灾乐祸地跑去有厨房的帐房了。博尔迪尴尬地笑笑，说，这话是我说的，但你确实问个没完，对吧？我哭笑不得，说，对对，我确实问得太多了。

在她们的厨房兼卧室坐定，我和姐妹俩商量建立一个账目的事。阿秀说，仁钦哥，记什么账呀，到时候你多给一些就可以了，反正你的钱也花不完。阿菊瞪了妹妹一眼，说，可以的，仁钦哥，但是等明后天我们饭馆开张后再记。今天你不是顾客，是朋友。博尔迪说，我刚才也说朋友来吃饭还要什么饭钱，但老兄说单位报销。阿秀说，哼，便宜不占白不占。

姐妹俩在平底铝锅中烙肉饼，说是要调制好味道，因为饭馆里一个主打食品就是肉饼。外皮焦黄酥脆，油汪汪滋滋作响的肉饼出锅，阿菊让我和博尔迪尝尝，提提建议。博尔迪一口咬下去半个肉饼，烫得直吸气，说味道天下第一。阿秀说，什么天下第一，说点有用的行不行？肉是不是太少了？我很认真地品尝完一个，赞叹地说，真是美味啊，简直无可挑剔。肉和菜的比例绝了，我保证，这就是最好吃的肉饼。阿菊很高兴，但还是担心地说，可是，我怕有人挑剔里面葱太多了，但是没有葱味道就不好了。我说，做两种馅儿，一种有葱，一种没有。不过这样一来你们会更辛苦。阿菊说，辛苦一点不怕，就怕没人吃，生意不好。我带着疑惑问出心里憋了好一阵子的疑问，你们为什么开商店开饭馆呢？是需要钱吗？阿秀白了我一眼说，谁不需要钱？我们是急需一笔钱。她不说为什么需要。我看看博尔迪，他心领神会，解释道，岳父最近病了，在住院，应该可能是要长期住院。我说，原来这样，你阿爸得的什么病？我是看着阿秀问的。但博尔迪抢着说，是十几年的老病根，都是喝酒喝的。那是什么时候，阿菊，是有十几年了吧？阿菊略一沉思，说，大概十七八年吧，就是草场承包到户没几年的事。博尔迪说，对，我不知道那些事，反正就是那时候，而且就在这个地方，老兄，就这一片地方，阿爸喝了很多酒，一直喝到神志不清，跑到外面，睡着了。但他的胃睡不着，翻江倒海吧可能，他大吐特吐，但他自己不知道，所以差点把自己噎死……太恶心了，还好命不该绝，他活下来了，但把心肺给弄坏了，年龄大了后就一年比一年严重。

肺？我说，肺怎么了？博尔迪说，被呛坏了，他就在野地里昏睡了一晚上，也咳了一晚上，第二天送到医院时也止不住咳，一连咳了好多天，病根子就出来了。

我说，太危险了，难道就没有人发现吗？博尔迪顿了顿，说，哪有人啊，该有的人都喝成傻子了，谁管得了他呀。我认同地说，是的，我们这里的人，恨不能把命赶紧喝死。那么，就是说，那次的事情留下来肺病，现在越来越严重了？博尔迪说，可不是吗，医院里住着还好一点，回家没几天就不好了。

这顿饭吃得比较沉重，我也没有了胃口。

我告辞出来的时候，姐妹俩难过的情绪已经过去，青春的活力再度焕发，精力充沛地干起活来。牧人转场的高峰期马上要到了，这里会变得热闹，饭馆开张的一些准备工作还没做完。而商店里也来了第一波顾客，男男女女足足有九个人。全是转场去往青海湖乡夏营地的藏族牧民。他们在崭新的拴马柱上系好马缰绳，看看远处正在散开啃食的畜群，而后拥进商店里。

我从帐篷里取了十五升的塑料水桶，去几百米外的泉眼取水。轻轻地将木勺压进蒲团大小的泉眼池中，让泉水不晃动地溢满勺子，然后缓缓提起勺子……这样舀出来的水才不会有杂质，多放一两天也不会变质，依然如同刚刚涌出地外的泉水那样甘澈。一勺一勺地取水是磨练心境的过程。往日，我极为享受这一时刻，我会出现忧郁的精神状态，好似我的神魂跨越了一些障碍，被泉水吸引并融入，化成千万滴胶凝的水滴，再被我一滴一滴收聚。每一勺泉水灌入水壶，都好似进入了我的身体，我由内而外地打激灵，透彻而震颤的感觉持续不断。我确信我感受到了一种甘醇的东西已然在体内巡游了，对此我痴迷不已。但是今天，所有这些全然没有了，我掉进十七年前那一夜的泥沼不能拔身，我没有否定自己那夜的所作所为，但消极的状态此刻在我周身蔓延，我被削弱了合理性，我又一次变矮了……

……十七年前的那一夜,是我刚刚参加工作的第一年。6月份进入畜产公司,7月便被派到洪乎力的羊毛收购站。主要负责人是一位年过半百的大姐,我给她当助手。平常牧人们的羊毛送来了,过秤、露天摆放、盖防雨布、捆扎这些活儿都是我在干。从小就对这些活儿不陌生也干过不少,所以这位康大姐可算是省了心了,一个夏天我都没让她动一捆羊毛,我全包了。她也投桃报李,每天换花样做好菜好饭。我记得最清楚的是她每次做饭都会念叨说,仁钦,中午到了,我给你炒两个香菜……

我家乡的人对我的到来都没有好奇,甚至很快就把我刨除在"我们"之外,不再拿我当自己人,因为我已经不是(可能也从来不是)牧民了。他们不拿我当自己人还有一个重要的原因是,我是一个没有"根基"的人。因为这时候父母和安库都已经过世,而小白宗族的人非常统一地和我划清了界限。事实上,即便是小白在世时,他的亲戚我也不认识几个。最熟悉的莫过于小白的哥哥车臣了,就是他占据了我们家的大部分草场,看见他,仿佛看见了我们家的世界尽头,他的神气如同一双无形大手揪紧我的心脏，我很怕见到他。他来称毛重，颐指气使地对我说，仁钦站长，我的这些毛我家里称过了，你的秤没有毛病吧？不会缺斤少两吧？

我说，车臣大叔，怎么可能呢，这是公家的收购站，不是私人小贩子。

车臣微叹一声，说，你是个有福气的人，吃上了公粮，以后啥也不愁了。

还有几个比较熟悉的"亲戚"，他们送来羊毛，嘴脸很公事公办，称呼我为仁站长。生怕我的亲切让他们陷入尴尬境地。都不愿意认我，我又何尝不是如此？我求之不得。所以渐渐地，我也不再当自己是牧人。我的脉搏冷却，再不跳动草原的热情。身份改变影响的是心态，一度，我用冷眼看待这里的一切，油然而生的是卸去枷枢的轻便。我不再惘然，开始学着接受。安库的墓碑日日夜夜地看着我，但我绝不过去。我不能面对他。我恨他无能，早早死翘翘，一了百了。但其实我最恨的是自己，不是恨我什么也做不了，眼睁睁看着一家子一个个死去，而是恨自己不赶紧离开，恨自己亲眼看见了安库从赤身精炼、肌肉隆起、气力不绝的青年汉子变成一具无声无息的尸体的过程。这些恨，超过了对罪魁祸首更德拉的恨。我一度以为我要复仇的欲望，随着一年年过去，随着我长大成人，开始在社会上工作而慢慢淡漠下去了。但事实不是这样。仇恨只是像一匹狡诈的孤狼在我的意识中潜藏了起来，等待着一击毙命的机会。这个机会并没有等太久，我工作的第一年——也就是安库去世的第三年——机会悄然来临，丝毫不给我警示和预告。

那天下午，羊毛站上没什么事，我在自己的帐篷里睡了一个长长的午觉，异常疲惫地醒来，已经是临近傍晚，我走到外面，捡起扣在草地上的脸盆，接了半盆凉水洗了脸，精神振奋一点。康姐问我晚上想吃什么，我说不饿，什么也不吃。我看见几个商店那里有很多人马，很热闹。于是就去凑热闹。这一年，这里有三个商店八个白色的大帐篷，手里有俩大钱的牧民多起来了，商店不缺客人。尤其不缺喝酒的和打牌的客人。我去的往往是打牌的人最多的那个商店，它和喝酒的那个商店的距离有一百多米，两边都很喧闹，两边的声音都是先在进攻对方中途相撞，厮杀一场，剩下些残兵游勇再攻过来。

所以我在打牌的帐篷里，经常听到的只是一些影影绰绰的喝酒划拳争吵声音。这天打牌的人比较收敛，那边的声音就稍微大了些，有时候能听见整句整句的话语，但听不清说话的是谁。我自己从来不打牌，但喜欢看牌。我忘了那天他们是在玩"交公粮"还是"牛九"，或者是"胜子""斗地主"，总之，他们打得精彩，我看得投入。一直看到外面乌黑一片，看看手表，快到十一点了，但牌局还没有散的意思，有两个人赢了一些钱，其他人眼红，也想赢一赢，我猜他们会玩通宵。商店老板熬不住，已经拉开自己的铺盖卷儿，睡在食品区的地上了。我又看完了一局，强迫自己离开。因为明天有公司的车要来装羊毛入库，我要高强度劳动一天，不能熬夜消耗体力。

外面黑得黏稠，我摸索着往帐篷走。脑子里重重的，好像高强度运转累坏了，这种状态我只在高中时短暂地遇到过两三次。看牌也是可怕的事，不知不觉耗神过度了。走了几步，过了一群拴着的马的影子，一股尿意到来，我停下，慢悠悠地撒尿。此刻的夜晚又怡静，又清凉，惶惶然我心房敞开了，将马儿的气息、空气中带着水雾的气息、夜风中裹着混沌的气息，还有从土层不同的深处渗透出来的植物和生物的气息,以及帐篷和里面的人们的气息,都一一领受,我接受这幽美的夜里的一切。就在这一切里,我听见了不一样的声音。那是一声短促、被夹住的人的声音。我屏息凝神,侧耳倾听。过了几秒,一个人呕吐的声音来了,我循声望去,什么也看不见。在我迈步朝声音走去前,我感觉他终于吐出来了,接着就是一阵古怪的声音,然后是剧烈的咳嗽声。大概朝着小兴山谷的方向走了一百多米,我已经看见那个人大概的身影了,就在我眼前两三米的地方,躺在地上,仰面朝天。身体在往上弹动着,就好像抢救室里给人电击一样。

我轻喊一声,喂,老兄?

对方没有反应。但还在弹,在咳嗽。这种咳嗽是肺在咳而不是嗓子在咳。我隐隐猜到了一种情况,身体提前做出反应,已经过去蹲下身查看情况。果然是这样,这人酒后昏迷,被自己吐出来的东西呛住了。因为他仰面朝天地躺着,吐出来的污秽又有一部分被吸回去,进入了肺部,他马上可能就会窒息……我这样猜测着,顾不得也差点令我呕吐的恶臭,伸手就要把他扳过身子，让他侧着身子。这时候我离他的脸很近了，我看清楚了他的脸，是更德拉。他自己的污秽，漫溢在嘴里，也顺着嘴角流到脖子里去了。他的眼睛睁开着，好像在盯着我，有可能是无意识的盲目注视，也有可能他很清醒。我不知道，我缩回了手，直起身后退了几步。下意识的举动。我这么做的时候，脑子里好像什么也没想，就是一种直觉行为。我心跳猛烈，不知道是紧张是害怕，憋尿的感觉又来了，心慌的感觉越来越强烈。我盯着他，他弹动的幅度正在慢慢减缓，然后猛地，撕心裂肺地咳嗽起来。我只能再往后退，观察四周，我怕有人看见了这一幕。咳嗽越来越剧烈，仿佛他胸腔内部真的在撕裂。此时我已经退到很远了，周围没有人，我没有发出一点声音地退远，然后转身，快速朝自己的帐房走去。快到了时，再次放轻脚步，他的声音已经很细微了。

我和衣躺在床上，再接着倾听，好一阵子，没有任何声音传来。但我也睡不着，过一会儿，就认真听一听，迷迷糊糊间天亮了。我出去朝那边看，那个地方什么也没有。

5

"姐妹花商店"的第一批顾客来去匆匆,但没有一个人空手而去,都拿着东西出来,装进马鞍上的褡裢里。他们的畜群再不去收拢的话就散开到山上去了。

阿秀远远给我做了一个胜利的手势。

中午刚过,我的羊毛站也迎来了第一位客人。有个牧人骑着一匹马,牵着两匹马到来。两匹马上各驮着两大捆羊毛,压得马脊背塌弯,吭哧吭哧换气。羊毛过了秤,结算了金额,他揣着四百多块钱去了"姐妹花商店",一直待到太阳下山才骑上马,佝偻着身子离开。过一会儿,博尔迪来了,说饭馆被迫提前营业了。那人真是一个犟板筋,听说我还有饭馆,就来了劲头,非要吃饭。

他点什么了呀?

没有点菜。我们就给他肉饼了,他一口气吃了七个。然后把剩下的全带走了。

好事情啊，预计肉饼的销量不会差。我说，那你们算是开张了？

没有，我还是计划明天早上开张，还要放鞭炮呢。下午开张不吉利的。他笑呵呵地说，老兄，我的饭馆开张，你要来捧场啊。

但次日一大早开始，便陆陆续续有牧人或是用牛用马驮着羊毛，或者拖拉机拉着羊毛来过秤。这些羊毛和昨天的一样，都剪自第一批掉毛厉害的羊。牧民们既不愿意一搓一搓的钱从羊身上掉光，也急需一笔钱用于日常开销，所以一到夏营地就立刻剪了送来。今年的价格是一公斤八块五，最多的一个人拉来了两百多公斤，将近两千块钱，足够他家一个夏天和一个秋天的生活开销了。

在紧张的忙碌中，"姐妹花商店"的人也多起来了，饭馆也即将开张。我瞅准时间，在博尔迪放鞭炮前赶过去恭喜他们，将一百块钱卷成一个筒塞给阿菊，她极力推辞，我说，这是规矩，更是我的一点心意，你不收，就是不拿我当朋友。

博尔迪点响了一千响的鞭炮后，我又急匆匆回来做事。而"姐妹花商店""姐妹花饭馆"这天也是生意火爆,人流进出不断。

我几乎忙碌了整整一天。晚饭时,阿菊端着一盘饺子送来了,非常固执地让我趁热吃完。我们聊了几句。她说昨晚连夜做好的肉饼和饺子现在都已经卖光了,商店里的食品也卖出去好多,没想到生意这么好,计划有变,可能要提前出山去进货。她看着我吃饭,脸上的笑容很动人。阿菊拿着空盘子走后,我开始摆放羊毛疙瘩,又忙活了一个小时才完成。骤然间高强度的劳作让身体吃不消,我连洗漱一下的力气都没有,脱掉工作服倒在床上,却无法入睡。浑身的肌肉又困又痛,膝盖关节也出现了风湿病发作的征兆,我努力让自己沉睡但睡不踏实。到了后半夜,还能听见那边人声喧哗。

我似乎刚刚睡着,一阵刺耳响亮的大马咴咴声仿佛在耳边炸开……新一天开始了,牧民们带着渴求的眼神站在外面,等待称量出他们的生活所需……

这一忙,便是一个星期,总算第一批次收购的高峰落下。我也足足晒黑了一层皮,黑皮焦热地贴在脸上。照镜子的时候,好像在看一头母牦牛,太丑了。

这一星期的晚饭都是在"姐妹花饭馆"吃的。账户在饭馆开张的次日便开设了，户头名为"羊毛大人大账本"。是阿秀写的，说这样一来我就不好意思少花钱了，因为不符合"大账本"的身份。因为要符合"大账本"身份，好几顿午饭也是在饭馆吃的，本来这毫无必要。而且我说可以报销也是骗她们的，所有饭钱都得自己掏腰包。但现在骑虎难下，反悔太丢人。另外，我在阿秀的热情招待下，买了几双棉手套用来保护手，一条轻薄的黑花围套用来保护脸，一瓶"维生素C"用来保护健康，一副墨镜用来保护眼睛，两箱方便面用来当夜宵……但夸张的是，她让我买了一套很贵的雨衣，美其名曰下雨时干活用得上……我很想问问她我又不是放牧去，凭什么要在下雨时干活？但肯定又是一番扯皮，想想算了。

　　阿菊好几次说，东西都快卖完了，需要进货。但饭馆里太忙，本来还能指望博尔迪，但是几天前他回去，将羊群赶回来后，大部分时间已经指望不上他了。他得去放牧，早出晚归，下午四五点以后才能见到他。还好她们的忙碌很大程度上和我的羊毛站密切相关，我这儿人少了,她们也闲了。进货提上日程,在我的参与下,商量的结果是博尔迪两口子去进货,阿菊去放牧,我照看两个店,饭店关门两天。

博尔迪和阿秀次日一大早骑着摩托车离开。回来的时候,会雇一辆货车装着货物回来。阿菊来我帐房,交代商店卖东西的事,这也是我头疼的。但她很细心地把大部分商品的价格写在一个小小的电话簿上了。那些衣服什么的你不用管,就说今天不卖。她说,今天就要麻烦你守在商店里了。

我跟着她到离商店不远的羊圈,将晒太阳的羊群赶起来,她死活不骑马,说就想在山里走一走。她让我回去,我说,再陪一会儿。其实我也想在山里走一走,比待在帐房里有意思多了。她笑说,哎呀,你命不好,这好事被我抢了。我说,可不是,你太狡猾了。到了山脚下,羊群自然散开,我们分开,我返回商店。

下午五点,阿菊回来了。给她交了钱和出售清单。我们并没有一起吃饭。她不说,我也不说。我们都有点尴尬的意思。但事情往往让人捉摸不透……天黑后,我躺在床上听收音机里的评书,正专神。帐房的门被敲响了，吓我一跳。

门外是阿菊。

来了一个醉汉，死皮赖脸不肯走。我在你这儿躲一会儿。她以一种非常无奈的语气说。

是谁？要不要我去把他劝走？

不用，你跟他说不通，找不到人他自然会离开的。她说，你在干什么？

我说，听评书，《薛仁贵征东》。我们一起听完了这一集，去外面探查，那个男人还在那边自言自语，又好像是在和马说话。因为听见他说，你走球的那两下步子……

我说，那人很可能也会到这儿，来了一时半会儿就不会走。我们要躲起来。于是揣上手电筒，关了门，我们走进夜色里，开始了一场漫无目的而奇怪的散步。起先，我们很尴尬，不知道该说什么，但当她很聪明地将话题引向博尔迪和阿秀，我们说话便自然起来了。我率先说起来和博尔迪结识的过程。尽管早就说过这事，但现在反而成了细说的最佳时机，因为我想印证一件事，一件和他们三个人都有关系的事情。

……对，我问他是谁家的，他说他是阿秀家的。

啊，他真这么说了吗？他太有意思了。阿菊说，我要讲这个给阿秀听。

我觉得还是不说好，他好像还说到你。

我？说我什么？

你对他的帮助，还有姐姐般的关怀。我说。

姐姐一样的关怀……我不就是他姐姐吗？还是说他觉得我不是他姐姐？

我不知道，他也没说太多，他没有这个意思，我看他很感激你。

感激我？感激什么？他还说什么？

没有什么了，就这些。我躲闪她出乎意料的咄咄逼人，她很机警地盯着我。

怎么可能没头没尾地说呢？他为什么说我？

我真的不知道，我们说到他到你家来做女婿，然后很自然地就转到你身上了，但也只有几句话。

可是，他为什么要说我呢？阿菊对此异常执着，她沉默下来，陷入思索。我们渐渐适应夜晚的光线，随便找了块干净的山坡草地，坐下休憩。不知不觉已经走远了,身后便是今天和她分别的小辛山,厚沉沉抵在后背,大山的弹性,我感受得那么重实。我后仰下去,靠在山体上,比困乏比慵懒更具有吸引力的感觉席卷了周身,我犹如一个胎盘般安宁沉静下来。

不知道过去多久,阿菊的呼唤一点一点将我召唤回来。睁开眼帘的一霎,眼睛被光刺进来,多神奇啊,好像我刚才进入的才是真正的黑暗世界,而眼前的夜晚,只不过是一层虚假。阿菊的面容近在咫尺,清晰可辨。眸子中好似暗旋绕行,开合的嘴唇涌出一股只有女子方能产生的热气,轻轻地散开在我脸上。我怔怔看着她,好一会儿才说,阿菊,我睡着了。

阿菊说,你好奇怪,我以为你晕死了。她赧然一笑,重新坐回原来的样子。微不可察的扭捏神态一闪而逝,她问我,你能说说博尔迪说话时候的表情吗?

她这几乎是表明心迹的态度让人吃惊,我强忍着不表露出异样,但内心千回百转。

什么表情?哦,我想想,好像是很开心的样子。对,就是很开心,好像说到你,他的腿疾也变轻了好多。

你在胡说吧,他怎么可能开心呢。

他真的很开心。他笑了几次,脸上的表情很幸福。

哎呀,你别胡说了,你肯定在胡说。

我可以发誓,他很幸福,好像说到了最心爱的女人。

你胡说什么,别说了。

我有分寸,但他真的是那个样子。

好了好了,我知道了。我们不说这个。她忽地站起来,走了好几步才说,我们再走一会儿吧。又是一段长久的沉默,走到了野鸽子洞山崖对面,一整座森然的岩体击打着河水,声音传到这边来,水声比别处更加响亮。我心中一阵悸动,脱口而出,我带你去拜谒你哥哥的墓吧。

阿菊呆滞了,而后一点点瓦解,嗓子干涩地说,你说什么?我哥哥的墓?

你不知道自己有个哥哥?

阿菊说,我知道,但他火化了,没有埋葬。

我说,我知道。这个墓是一个叫安库的人给你哥哥立的衣冠冢。

安库……他是谁?

一个也是早早就死了的苦命人。我确定她看得清楚我说这话时眼中的幽光，这光是一柄杀心的刀，我差点忍不住刺进她的心脏。我闪开眼睛，看向对岸。他们是好朋友。我说。

她问我怎么知道这些。我笑笑，什么也不说。我们下到河原，一大片凹凸不平的滩涂地，手电筒派上用场，还是从最熟悉又已经很陌生了的地点过河。我脱鞋，裤子高高挽到大腿处，阿菊的牛仔裤很紧，往上拽了又拽，也只到膝盖处。我把手伸给她，她疑虑一瞬，还是用力拉住了。不知道是不是错觉，这个夜里的河水迥异于上次，温吞吞的令人舒爽，我开玩笑说，今夜的水像恋人的手，在轻轻地抚慰我。我起了使坏的心思，故意捏捏她的手。阿菊下意识想挣脱，但被我紧紧握着不放。她快速调整过来，落落大方地说，仁钦哥其实一点也不老实啊，这就占人便宜了。她猛地抽出手，撑了河床边的草地坎沿上岸，往前走了好几步才回头说，你突然占我便宜，我有点生气。我也再次惊讶她今晚的直接果断，解释说，别误会，我就是开个玩笑，我知道你的心思。

我希望她能非常明确地明白我说这句话的含义。

往前走了不到一百步就到墓前了。灯光一照，两块青幽幽的墓碑结结实实地伫立着。两块墓碑的边角上都被打磨得光滑乌亮，这是各种动物刮蹭身体给自己挠痒痒的痕迹。我用手电的光将安库的墓碑上下前后细细检查了一遍，不可思议的是没有一点缺损，我心里软软的像抽光了力气，勉强扶着碑坐下来，我靠着它，真的感觉是安库知道我来了，因为冰凉的石头的触感渐渐消失，取而代之的是一股暖意，从碑的内里沁出来。

我将手电递给阿菊，她检查自己哥哥的墓碑，一块边角缺了。她遗憾没带一些东西，而后马上想到办法，打着手电在附近摘一些野花。正好是金露梅银露梅盛开的时候，很快摘来一大把，分两份敬在碑前。

天底下那么黑，但这两座墓前有光亮，有鲜花，还有两个人陪着，坐着，一点没有要离开的样子。

6

塔尔拉去世，更德拉在我家流了鼻涕和眼泪的次年，春天的干风从元月就刮起来了。过完年，黄风一起，没日没夜，把啥都能吹干吹瘦。畜生们被吹瘦，那些可恶的硬蜱虫、软蜱虫，那些青虱子乘着黄风到来，像雨水一样渗进羊毛，打针除不掉，灌药除不掉。夏天到了营地，剪了羊毛，羊的肩胛缝里、肚子上、胯根里，都是一片一片的虫子，个个把头扎进羊皮下的肉里，吃得肥头大肚子。情况这么糟糕，建了几年都没有好好用过的洗羊池这一年终于用起来了。洗羊池就在离着我现在的羊毛站出山口方向一公里的地方，现在这个地方什么也没留下，不知道哪一年开始洗羊池真的用不上了，偷偷摸摸拆洗羊池的石头拿回去自家用的事情越来越多，只不过两三年光景，一块碗大的石头都找不到了。但在当时，这个洗羊池的东西两个圈结实牢固，可以容纳六七百只羊，一群一群的羊被驱赶进入东圈，羊群屁股后面一群人在恐吓，羊群前头会有两个人伺机拽扯住领头羊进入洗羊池……只要有几只羊跳进了黑乎乎的药池，开始朝西圈游动，后面的羊便会紧紧跟随。但是，前面的这两个人可不好干，既要身手敏捷地把领头羊拖下水，又不能让其他羊害怕他们而不敢往前，本来够怕水了，更何况还有人挡着。各种微妙的掌控，全在于"引领者"

的经验。

老一辈里，更德拉是深谙此道的高手，年轻一代，安库当仁不让，他有个本事，可以最大限度地降低畜生对人的恐惧。他拽羊的时候，领头羊挣扎会少一些，后面的羊也会跟得紧。这能够省下大量的时间力气，可以多洗几群羊。几乎从洗羊的第一天开始，池子里的水便没有更换过，但每当水位下降，特意为洗羊池配置的小水渠便会放水下来，水位够了，加药。药量本来是有规矩的，但更德拉很有主见地说，那种量是针对一般情况的，像今年这么严重的情况必须加量。加量的权力掌握在他手上了，他一次次添加，每一天都在昨天的基础上加入更多。羊一群群过去，水位一次次变化，他自己都不知道加了多少了，总之棕灰色的小药瓶在他站着的那边堆积如山。他们两人的雨靴被泥埋得成了一双泥靴，药水的刺鼻味、羊骚味、羊屎味混杂一起，令人作呕，但闻习惯了也还好……

我当时放假回来，连一刻钟都没有休息便加入轰轰烈烈的洗羊大军中。生活骤然变换了气味，我强烈不喜欢，第一天闻了一整天这种味道，晚上吃不下饭，呕吐欲望强烈却什么也吐不出来，衣服全换了，扔到外面草地上散味，躲在小帐篷，蹲在洗衣盆里洗澡，依然除不掉身上那股臭味，后来还是母亲有办法，炉子上倒了一碗祁连山的柏香来熏。她让我们父子三个围在炉子边上，烟雾呛得剧烈咳嗽、泪流不止也不许躲开，直到她认为差不多为止。这招很有效，帐篷里首先不臭了，身上也变得差不多正常了，但衣服还是不行，洗羊的那套雨衣早早落了个用完就烧掉的下场。

那年的商店，在雨衣雨靴上赚得盆满钵满。在牧民年景不好生活困顿的情况下赚得盆满钵满。

小白半个月没喝酒。身体也好了一些。母亲感谢这次顽固不化的羊虫，她跟着我们去过洗羊池一次，不忍心看到本来身体不好这样一洗后便一命呜呼的瘦羊们。那些瘦羊的尸体还来不及处理，丢弃在几十步外的一个小坑里。一群一群的秃鹫宛如飞艇起起落落，啄食了个美，却不见一只吃坏被毒死的。

洗羊持续了八天，周围牧民的羊基本上都已经洗过了，到了最后一天，只有六七群羊，自发来帮忙的人也很少了，除了羊主，还有五六个人，其中，有更德拉，还有我们兄弟俩。这天早上,我和安库堵着羊群,让它们从我们中间一只只过去,小白在数羊,安库一边堵一边数,很高兴没差一只。洗羊也没有损失一只。小白说羊的体质这一块,还是我们家的羊,没说的,讲究。小白去放牧了。我们出发前,安库说没吃饱,不到中午就会饿,而且也不会有中午饭,而且就算有也不能吃。那个环境,不想吃。他让母亲再做点吃的。母亲已经准备要蒸馒头了,听安库这样说,就让我们赶紧剁点肉,剁点甘蓝菜和大葱,她蒸一锅包子,让我们吃了去。我说时间上肯定来不及。母亲说可以,洗羊开始要到九点,还有一个半小时能吃上。肉馅很快便剁好了,安库帮母亲捏包子,手法很赞,我打打下手,去背了一袋子牛粪来,因为母亲说蒸包子火候要大,羊粪烧不起来大火,牛粪可以。

包子里油大,汁水丰沛。安库就喜欢这口,他比我多吃了五个,很满足地说还是家里的包子好吃,好像他吃过很多东西似的。我们骑着他的马去。我跨在马屁股上,感受这匹年轻的油赤马后腿迸发强有劲的力量,过河的时候尤为明显。我说油赤的力气大有劲儿,像永动机。安库说，什么是永动机？我说，永远在动的机器。安库说，永远不会坏的机器？我说，不是，是不坏的时候永远在运转的机器。安库说，那还真和马差不多，它们不老死不病死也会永远在动。我说，没错，也像我们人一样。

就像人一样。

第一群洗的是谁的羊我忘了。但我记得第三群，是大海青的羊。他有将近八百只羊，把东圈挤了个满满当当，人在里面驱赶的空间太小，效果几乎没有。这就辛苦更德拉和安库了，他们分站在两边，伺机单手抓住羊犄角，拉进水里。他们的另一只手必须牢牢扳住石墙，防止自己掉进药池。但大海青的这群羊太愚蠢，他们已经拉了几十只进水，也都游到对面的圈里了，后面的还是不愿意跟进，迟迟打不开"流水线"似的局面，而他们一口气拽拉那么多羊，已经累了。可没工夫抱怨，休息一会儿接着干。我在东圈里，我们几个人又是蹦跳又是大挥手臂呼喊，试图惊吓羊群靠近药池，好让他们方便抓到，但效果甚微。他们不得不一次次展开最大的幅度将身子凌空到药池上面，只利用一只扳着石墙的手臂的力量和一只踩抠石缝的脚来掌控身体，因为只有这样他们的手才能伸到最远。

他们都累坏了，没有了刚开始时的敏捷和力道，动作上就能明显看出来。更德拉过一会儿就要甩甩手臂，缓解那种我们都饱尝过的酸痛感。另一面的圈里的羊越来越多了。东圈里，我们几个人排成一排，缓缓地压向羊群，到了一定程度，再难寸进一步，我们停下来，等着他俩劳动。有一个人喊，加油啊，这群完了，我们换一换，你俩休息休息……

更德拉说，好啊，我吃不住了。他说着话，身子也凌空在药池上向前伸长手臂，身子猛地晃动了两下，然后便"哎哎哎"地叫起来，那只手臂和脚在药池上空胡乱晃动，他旁边，也已经探出身子的安库意识到更德拉正在失控，他将手伸给更德拉，大概是想把他推回去，但他的速度赶不上更德拉失去重心的速度，他的手刚伸出去，更德拉已经在下坠的过程中。应该是慌乱的求助动作，他抓住了安库的手臂，得到了救命稻草，他一拉，整个身子快速回升上来，终于稳住了。但他这一拉让安库猝不及防，他扳着石墙的手脱离开来，我们眼睁睁看着在更德拉回归原位的同时，安库手舞足蹈地掉进了药池。一声沉闷的不似水声的响，安库被完整地淹没。大概有两三秒，或者更多，他短暂地冒出小半个身子，但似乎无法稳住身子，他又歪歪地沉下去了。此时，我才反应过来，我应该是大喊了一声，既让自己行动起来也让别人惊醒。我翻墙到外面，跑向药池时，更德拉趴在池边，已经拉住安库的手腕了。但我是跑到了安库之前站着的地方，药池的宽度我没有信心跳过去，只好绕一个大圈，绕过西圈跑。我的眼睛一直盯着更德拉，他拉起安库的身子，安库也自己用力爬出了药池，坐在地上。

我跑到他跟前，没觉得他有什么大问题，因为他吐着嘴里的药水，笑着喊，快拿水来，这药太恶心了……

他身上黏糊的汁液被阳光一照，墨绿墨绿的。安库把头发里的水捏出来，咳嗽着说要回去换衣服了。他让我继续帮忙，我没听。我们先去了通向药池的小水渠边，他捧着水一次次洗漱口腔，含混地说他都快被药水灌饱了。我说，要去医院检查一遍。他说，用不着，我又不是第一个，以前也有人掉进去的，没啥事。真是要命的药，我们的羊还不死个干净？我一想，也对。但我还是说,你可喝饱了的。他说,我现在就吐出来。

安库喝饱了水,用手指抠喉咙开始吐。这种吐法是小白经常用的,他喝酒第二天难受,便会这样吐出来。安库学得有模有样,成功吐出来很多污秽东西,我看了一会儿,辨别不出哪些是药水。直到再没有东西出来了,他站起来,一张脸被憋得通红通红。我们走到大河边,他脱光了衣服站在水里洗澡,把身体和头发洗干净,也把衣服洗干净。我帮忙拧干净衣服里的水,就那么湿乎乎地穿上,回家去。

母亲得知安库掉进药水里很生气,把他臭骂了一顿。小白倒是啥也没说。安库没说是更德拉把他拉下去的,本来遭遇这倒霉事的是更德拉。我不知道该不该说,犹豫了两天,也不想说了。

安库是从什么时候开始咳嗽的?偶尔的咳嗽谁也不当回事,但他的咳嗽日渐频繁起来,咳嗽的状态也发生着变化。起先,安库偶尔的一两声咳是短促的、干脆的,像极了感冒快要痊愈时的残余咳嗽。过了些天,次数增加了,每一次咳嗽的时长也增加了,有时候会一连串咳上个十几次甚至几十次,咳得安库气息完全紊乱，一口气回不来，他会陷入一种窒息，好似他的肺被什么东西夹住了，他不能呼吸……这更加剧了咳嗽重量，以至于开始有了更清晰的变化。这种变化是咳嗽的层次、咳嗽的深度，那是真的从肺部，乃至肺的最内部引发的，就好像海啸从海洋深处开始一样，慢慢地蔓延，然后快速地蔓延，迅猛地冲扑出来，这种咳嗽的声音很奇怪，拖泥带水，丝丝拉拉，听得多了，可以感受到他肺上仿佛有一层什么东西，像一层破破烂烂的膜，每一次咳嗽，这层膜都在掀动，在撕裂，在破损，而安库努力去做的便是将这个东西从肺上脱离开，把它咳出来。每次他用尽全力地做这件事，我的心也跟随着他，被紧紧地揪起来，我的心肺也随着他好似要把肺一块块吐出来的惨烈样子而震动疼痛……我被折磨得难受极了。

安库是吃药的。吃了好几种。有一个土方子用了很多乱七八糟的东西，但屁用没有。是时候去医院了，要不是安库自己那么犟早该去了。这已经到夏天的尾声，马上就转往秋草场，他说到了秋草场就去医院，比夏营地方便多了。

秋季开学,他骑着马送我到了茶默公路边,陪我等了一个小时,班车来了,我上车坐定,往窗外看,他调转马头,甩动着缰绳走远。没过几天,我接到了消息,他在半夜离开帐篷,死在一个小坑里。他吐了很多血。我在想,他肯定又是想用吐的方式把肺上的东西摆脱掉,不知道他最后有没有成功?

我头枕着安库的墓碑,斜觑阿菊。她听得很认真。然而鬼使神差地,我没有把更德拉的名字说出来,其实我是用"那个人"代替了更德拉的。我不知道我为什么这样,我带她来这里,不就是存心要说出来,看看她的反应吗?但最后一刻,我的舌头好像被神秘的东西控制了,那个人,那个人,那个人那个人……我说了很多个那个人,我让自己的思维搅拌得没有了脾气,我一口气讲完安库最后的人生故事,靠着他的墓碑气力全无,虚弱地和她说话,宛若对阿菊充满绵绵情意。我闭上眼睛,回忆安库最后的那一摊血,我没有看见。我回去时,小坑里的血被小白用土掩盖了。安库也被包裹得严严实实,除了一个人形的样子,什么也看不到。他出乎意料地瘦小,仿佛是被蒸干了水分包起来的。

火化前,我强硬地解下他头上的一条白色哈达。回去后,我去铲了小坑里的一些异样的土,我知道那是他的血。我将这土用哈达包裹起来,埋进他的墓里。

于是,这片草原上有了第二座墓。它们并列着,眺望河水。真幸运,他们一个死前亲自在河里洗澡洗衣服,一个干脆淹死在里面。

我说,阿菊,你说是不是这样啊?

她沉浸在伤感中,不言不语。她都忘了问我,"那个人",到底是谁。

我们在享受着静谧的草原之夜。过了许久,阿菊轻轻唉一声,仁钦哥,我真没想到你也是我们这里的人,谁也没对我说过。

我说,是啊,我也不知道他们为什么不认可我了,也许,他们知道我可能不是这里的人吧。

我很高兴你是我们这里的人,仁钦哥,我突然觉得你就像我亲哥哥一样了。

我说,哦,是吗?你也有哥哥,我也有哥哥。

阿菊看看两个墓碑,说,仁钦哥,我能说说我的事吗？我可以信任你吗？

我说，你可以信任我，你想说什么就说吧。

阿菊轻轻一嗯，说，我说说博尔迪。

7

博尔迪第二次来我家，是因为我们要用一辆车，而阿秀有他的电话。我们一家坐着博尔迪的出租车去了扎藏寺，做了一场小规模的经事。博尔迪就在外面等待。经事开始不到一个小时，阿秀就溜了。她才不耐烦这种枯燥的事，与其如此，不如找人聊聊天。那时候她已经比较熟悉博尔迪了，而且我知道他们已经打过好几次电话，都是一个小时一个小时的聊天。阿秀自己可能也没有意识到，她对这个男人的探索，已经太全面而深入了，说不清楚博尔迪最吸引她的是什么，反正她在由着自己的性子来。而博尔迪更奇怪，我不是故意诋毁他，我真的认为他也并不是很爱阿秀，他更像是一个人在外面活得累了，想找个家把自己安顿下来。而这个家他其实并不挑剔。他遇到了阿秀，又参与了阿秀的复仇计划，就好比为他们后面进一步交往顺理成章地打下了基础。反正，他们一个心不在焉一个随心所欲，以一种奇怪但莫名其妙的般配的方式交往起来了。

但这次阿爸真的干涉了，迅速处理了这件事。他问阿秀，是不是真的喜欢博尔迪。阿秀回答，当然啊，很喜欢啊。阿爸说，很好，那你们结婚吧。于是，他们很快就结婚了。因为博尔迪可以自己给自己做主，他来当上门女婿，高高兴兴地。他来了后，阿秀说，啊，这样啊，可是我不是和他结婚的那种态度……

所以我们都不知道她到底是什么态度。去领结婚证那天，当所有人都在时，博尔迪问阿秀，我们以前聊了那么多自己的过去，现在，是不是可以面对我们的将来了？阿秀说，得了吧，你知道我什么情况。博尔迪低头沉默一会儿，抬头笑了，说，我知道了，我们结婚吧。他们的婚礼是在国泰大酒店举办的。婚车就是博尔迪的出租车（是阿秀坚持要坐这车）。结完婚，他们就把车卖了。博尔迪当了几年县城的人，又回到了牧区。

我第一次看见博尔迪，也是他来接我们去扎藏寺那次。

阿秀跑了一会儿，阿爸说，你去叫妹妹来磕头吧，你在外面待着。他不让我磕头，怕我的头疼病再犯了。我在寺院大门边的狮子雕像旁的台阶上找到他们。阿秀嘟嘟囔囔，一百零八个长头啊，哦，不对，还有你的一百零八个也算我头上了，对吧？我今天要累死了……你们聊天吧。她去磕头了。当时我并没有意识到他会和我家有那么大的关系，我只当他是一个和阿秀有点暧昧的出租车司机。我刚要转身进去，他说话了。说，寺院后面，有一个很有意思的地方，你想看看吗？

什么地方？我本来应该拒绝，然后回到寺院里等待他们结束。但是不知道为什么，我没有这么做。我跟着他去看那个有意思的地方了。

那个有意思的地方其实是一个很小但有点深邃的山洞。门口两边有寺院的僧侣建设的几座石头塔，石头的搭建方式、结构都很精巧。我不由得多看了几眼。博尔迪说，这些都是寺里的罗藏僧人搭垒的，别人没有这个手艺。我说，这石塔真的很漂亮。博尔迪说，确实漂亮。据说，这种建造之法很少见，他是在西藏某个寺院学的，花了十年时间,但不知道是不是真的。石塔内部很复杂吗?我问。往往就是简单的外表有着复杂的内里,博尔迪说,石塔真正的精髓都在里面。我再次感到惊讶,因为我透过一个并不十分严实的缝隙(缝隙明显是和我一样好奇的人破坏出来的),看见了里面的一角。一个层层叠叠到让人吃惊不已的一个局部,阴暗甚至乌黑的局部精巧而复杂,可以从中窥出整座石塔的构造是多么的宏伟。我的的确确感受到了某种伟大的意味在这座石塔里面,我被震慑住,不敢再造次地以破坏的方式去观察内里(我想那个用力扳动了石块的人也极有可能有如我一般的感受)。这块有些异样的石块,被博尔迪巧妙地往里推了推,看不出太明显的痕迹了。如果其他人看到,会把石块缝扳开得越来越大,尽管石塔不会倒塌,但这个口子还是不能开。他说。

石洞勉强容两人同时进入。黑漆漆,但有一股闷热的气流从里面很厚重地推出来,带有石头蒸熟的味道。我拿眼神询问博尔迪。他咧嘴笑着说,是啊,里面有一小眼热泉,神奇吧?

小热泉当中有七八块洁白无瑕的石头在被蒸煮,宛若锅里的几枚鸡蛋。我立刻猜到这些石头的用处。是泡醋用药的，对吧？博尔迪说，是的，上次我来的时候，这里有几十块白石头。我说，小时候我们不舒服了，阿妈把烧红的白石头放进铁盆里，浇上水和醋熏我们。这里也这样？博尔迪说，我倒没有治疗过，但听说好像是用来温煨一种药丸的。我说，你没有吃过这里的药吗？博尔迪说，没有啊，听说很灵验，不如我现在带你去开几服药你试试？我说，我为什么要吃药？博尔迪说，你不是有脑疾吗？我说，你才有脑疾呢。博尔迪说，你别生气啊，刚才不是说你有头疼病吗？我说，那就是头疼，不是脑疾，你才有脑疾。博尔迪说，好的好的，我错了，是我有脑疾。我说，试试也可以，你确定很灵吗？博尔迪说，我不能确定，但我知道很多人都感谢这里的那位老僧人。我说，他是谁？也许我们家认识呢。博尔迪说，你们不会认识的，他从来不知道你们的名字，而且很少从禅房离开。我说，我们现在去可以吗？博尔迪说，当然可以，不是有我在嘛。我说，你好像和他很熟悉。博尔迪说，他是我伯伯啊。我说，哦，是最亲的那种吗？博尔迪说，是我父亲的堂兄，应该是亲的吧。我说，当然是啊，很亲的了。

我们从石洞里出来，在它背后荒坡上的一条碎石小道上盘盘绕绕，来至山顶，又走下山的木板栈道，渐渐进入一片原始老松林，一间土趴趴的小屋背靠着一排挨挤紧密的祁连圆柏，屋前一小片清理出来的空地铺满了正在晾晒的各种野生药草。这里安静得心跳声都空旷起来了。阳光集束在这一小片空地上，亮晶晶的碎洒在草药上。我细细辨认，有板蓝根、小叶柴胡、塔黄、雪兔子、左拧根……还有几种是我见过但叫不出名字的。我们沿着晒场边缘走到小屋门前，大开的木扇门上贴着一副斑驳不堪的灰色纸张，上面的字迹褪得干干净净，阳光将它炙烤成酥脆的东西，我伸手摸摸，掉下来一些碎屑。屋里灰暗得很，但有一个暗红的身影渐渐放大起来。于是我看到一个异常高大魁梧的身披深红袈裟的僧人走过来，他弯腰穿过木门，伸展身子站在我们眼前时，几近一位原始巨人。他面相充满骨感，说着蒙古语。他的手提着一个簸箕，手指很长，指甲也长，指甲缝里厚厚地填满了污垢。博尔迪说明来意。他琥珀色的眼珠直勾勾地看我。他突然伸手，捏住我耳后的一个地方，问我疼不疼。他又捏了头上几个地方,握住我的手把脉。他宽阔的脸颊坑坑洼洼像一块湿地,我能感受到这脸上的皮肤会有多厚。他的鼻翼令人吃惊地发出呼呼声,仿佛十里外的闷雷。也只几十秒,他松开手,低沉而含混地说了句什么。博尔迪问,您说什么?他已经进屋去了。他们的关系根本看不出来是亲戚,不过也是,出家人哪来的亲戚。我们面面相觑,他开口叫我们进屋去。屋里的地面居然就是原本的土地,被踩踏得平平整整,可能因为经常洒水打扫,地面呈现出一种潮而实、油光反射的效果。踩在上面,仿佛是站在几百层的布匹上,有一种沉甸甸的弹性。他递给我一个塑料袋子,里面是更小的密封袋子,装着黄褐色的粉末或黑黑的药丸,密封袋子大概有十几个。一天吃一顿就是一,三顿就是三,都写好了,每天饭后马上吃。说完,他转身进里面的屋里去了。我拿着袋子,用眼神询问博尔迪。他往下压压手掌让我等着,他跟进去,很快出来了,说,好了,我们走吧。我说,我还没给他钱呢。博尔迪说,他不要钱,我试着给过了。我们走出屋前的晒场,我问博尔迪,他为什么不要钱,他谁的钱都不收吗?博尔迪说,这要看情况，如果药材比较贵又让他费时费力了很多，他就会收。否则就不收。我说，我是不是沾了你的光了？博尔迪说，是啊，你要怎么感谢我？我说，以后有机会请你吃饭。

其实我们聊到这会儿已经都感觉到暧昧了，我们第一次见面，不应该这样，可是我不知道为什么会管不住自己，那种感觉太奇怪了，我心里明白这意味着什么，但另外一个力量像着火了一样急切。气氛尴尬得让我们都说不了话，我快速回到寺院里面，他们还在磕头。我坐在经堂对面树荫下的木椅上，心中一片灰败。

说完，她沉默着。

我说，你要去哪儿啊？出嫁吗？

她说，不，我不想结婚。我想去城市生活，我想换一种活法。所以，我给你说了这么多，你明白我的意思了吧？

我点头说，明白了，你的意思是让我帮你找个工作，还有可能是找个住的地方。

她说，是，我离开他们可能是最好的选择。

我说，你不结婚，对他来说就不是真正的了断。

她说，我结婚了，也未必是。

无论如何，我答应帮助她渡过这难关。这一夜，她时而坚毅时而迷惘的样子深深地打动了我，我再一次生出不切实际的幻想，引来了加倍的痛苦。

8

博尔迪和阿秀进货回来，我去帮忙卸货，帮忙整理货物，商品又丰富起来了。拴马柱上，少的时候两三匹马，多的时候七八匹，总之没有空着过。"姐妹花商店"果然是这些年里生意最好的一个商店。经过那一夜的交流，我和阿菊之间增添了信任与默契，有了心照不宣的共同目标。但与此同时，博尔迪来我的帐房比以前少了。每天下午他放牧归来，在天黑收拢羊群前的这几个小时，他有时候会过来一趟，随便聊几句，说说放牧遇到的人、听到的事。如果我忙就给我帮忙。我也去他们的饭馆吃午饭，吃晚饭，一起聊天。我观察他们三个年轻人的相处方式，看不懂。

这天，午后一点钟，连续几天都在这个钟点出现的雷暴雨如约而至。博尔迪帮助我盖好巨大的防雨布，缠好防风绳，赶在雨滴落下前跑回帐房。没过一会儿，帐房上面密集的雨点砸下来，外面雾蒙蒙笼罩着青白色。博尔迪安安静静地看了一会儿雨，突然说，老兄，咱俩喝两盅吧？就咱们俩。你这儿有酒吗？

喝酒？我端详着这个年轻人，脸晒黑了，皮肤绷得紧紧的，眼睛里精光闪动，阔挺的鼻子沉沉地镇压着他多少遗漏出来的乖戾。他是个石头般的汉子，难怪阿秀喜欢他，阿菊喜欢他。但今天，他似乎揣着心事，并且有备而来。

我说，喝酒，好啊，我正好有一瓶好酒。其实也不是我的，是我同事的。我一般是不喝酒的。

博尔迪说，你是不喜欢喝酒吗？

我说，不是。是因为酒伤害过我的家庭。

博尔迪说，酒确实不是个东西，但它又是个好东西。

我在装放杂物的铁皮箱子里找到那瓶汾酒。蓝色的包装格外漂亮大气。博尔迪没有欣赏酒盒，拧开盖子，两个碗倒满，一瓶酒见底了。他端起来闻了闻，说，这是哪里的酒，味道怪怪的。我说，是山西的名酒，你喝了就知道好了。他点点头，来，咱们碰一个，没想到今年还能认识老兄，敬你。我说，认识老弟也很高兴，敬你。

博尔迪喝得很快，几口之后，半碗下去了。我慢慢啜饮，对他的嘲笑也不理睬，也不着急知道他要干吗，耐心陪着他。外面逐渐疾风速雨，一阵一阵的雨声刷过帐房顶，羊毛上的防雨布的声音悦耳动听，这些结合起来，演奏出旋律复杂的音乐。我听得入神，博尔迪开始敲桌子了，老兄，老兄。他说，咱们别干喝啊，聊会儿啊。我说，聊什么呢？他一手握着碗，一手扶着膝盖，仰了仰头说，嗯……聊聊什么，聊聊阿菊吧。我笑笑，哦，为什么要聊她呢？博尔迪放下碗，闷闷不乐地从我身上移开目光，看着帐房的一个角落，自顾自地说起来，你那天晚上带阿菊出去的，是吧，老兄，我没想到你是这样的人，你三更半夜带着一个女孩子去野地里，你想干什么？你做事让我感到恶心，你已经让我恶心了两次了，我不知道你是个什么样的人。你看起来很正经有良心的样子，但你是什么人你自己很清楚。你带着阿菊出去，有没有什么恶心的心理你很清楚，阿菊都对我说了，你没想到吧？阿菊什么都会对我说，因为现在这个家是我们两个人撑着的，有事情能指望的就是我们两个人。我知道你对阿菊心怀不轨，你几次看阿菊色眯眯的样子我都看得一清二楚，我本来可以装作没看见，我不想撕破脸皮，但是我没想到你竟敢半夜里骚扰阿菊，你这个老流氓的样子让我恶心。

博尔迪喘口气的工夫我摆摆手。好了好了，我说，你不着急，慢慢说。你说阿菊告诉你的，可她说什么了呀？

博尔迪说，这应该我问，老流氓，你究竟对阿菊做了什么？

我思忖片刻，抬起手，一巴掌打到他耳朵上。博尔迪下意识地去揉耳朵，使劲揪了几下，摇晃头。他的手掌呼过来时我没有躲闪，很平静地挨了，也是在耳朵上。我们默契地没有打脸。我的脑袋里一阵刺耳的尖鸣。我说，阿菊不是都会告诉你吗？你怎么问我呢？再说，我们干什么也是我们的自由啊。

博尔迪说，我是这个家里的男人，我保护家里的女人有错吗？他说话间，再一掌来了，我微微偏头，挨在了头上，这比耳朵挨打好受多了。

我笑笑，说，没错没错，但是你别忘了，她不是你女人，不是你老婆。我的第二巴掌还回去，同样是他的头。他的头像铁一样硬，我的手掌钻心地疼起来。我捏紧拳头。

博尔迪用另一只微微在颤抖的手抓起碗喝了一口，说，她是我的亲人。你会保护你的亲人吗？哦，对了，你蛇蝎心肠，可能不在乎这个。

我的第三巴掌扇在他另一只耳朵上。这次他没有去摸耳朵，因为酒碗还在手里，碗里快见底了，一滴酒都没洒出来。他几次想站起来，也许是想真正的大打出手，但都忍住了。我很满意，觉得他比汤池那时候成熟多了。我等了一会儿，才说，我看你是快把阿菊当成老婆了吧，我再提醒你一次，你的老婆是阿秀，你的女人，是阿秀。你觉得你这样对得起阿秀吗？你这样的行为，和那个强奸阿秀的人有区别吗？

博尔迪似乎是在思索，又或者没有。他好整以暇地放下碗，一拳头砸在我头上，我眼前一片黑晕，好几秒没有听见他说什么，只听见最后一句，她还是个孩子。

我努力缓过劲来，慢慢地说，她是你老婆，不是你孩子。

博尔迪说，我没说她不是我老婆，我说她还是个孩子。

他把碗里的酒清空了，然后盯着我的几乎还有一多半的酒碗。我说，你喝吧，我喝不动了。他轻蔑地冷笑着说，就你这小身板小酒量，还有小力气，还想和我较量，真不自量力。我说，我们这样很得体对不对？他说，出了这个门，什么事情都没有发生。我说，正应该如此。他突然笑出声，并且笑个不停，一边笑一边说，你知道我为什么突然不再对你热情了吗？我说，我没发现你的变化。他说，那是因为我隐藏得好你没看出来，你知道为什么？我说，不会是因为阿菊吧。他说，不是，比这个早，早在我第一次来你这里的时候就已经开始了。我说，我真没发现你疏远我了。他说，我没有疏远你，我是警惕你。我说，哦，这是为什么？他又大笑一阵，说，因为我知道了你的秘密。我说，什么秘密？他说，关于我岳父更德拉和你的秘密，就在商店附近，很多年前，他现在成为这个样子是拜你所赐。我说，哦，原来是这个事，这么说他当时是清醒的？博尔迪说，如果不是清醒怎么可能活得过那晚，他看见你了。我叹口气说，他的命真大。他说，如果阿菊知道你是凶手，知道你是这个家庭不幸福的罪魁祸首，你觉得她会怎么样？我说，她会痛苦死。她很信任我，这么说我已经伤害了她。但是你说错了，我不是凶手。博尔迪说，在那种情况下，你就是凶手。见死不救，就是凶手。他突然比上一拳更猛烈地轰击在我头上。我很干脆地摔倒了，过了好一阵子才勉强支起身子。他等我的意识清晰后，说道，这一拳是替岳父、替阿菊和阿秀打的，不过分吧？我轻声说，不过分，不过分。

这一次我足足缓了十几分钟才有了一点力气。我看博尔迪，他端端正正坐在小马凳上，一口接一口，甚至是有点惬意地喝着酒。他没有关注我，很耐心地沉浸在自己的思绪中。我坐回原位，夺过酒碗，狠狠灌了一大口。疼痛会因为酒精的麻痹而减轻的。我说，博尔迪，老弟，你岳父只说我没有救他，他没说我为什么不救他吗？博尔迪一愣，说，你不救人还有理由吗？我忍着头痛，勉强笑了两声，我一字一句地说，更德拉害死了我哥哥，害得我家破人亡，你觉得这个理由够不够？博尔迪张着嘴看着我。我用尽浑身所有的力气，用尽所有的积攒的恩怨，一拳重重打到他的脖颈处，因为再打他的头，我没有打痛那铁头的力气，而这一拳之后，博尔迪没有倒下，他甚至没有反应，依然张着嘴看着我。但我知道他受到了和我一样的疼痛，这才是公平的。我一字一句地说，这一拳是替我哥哥、替我父亲母亲打的，不过分吧。

博尔迪眼神游离，努力让自己镇定。我也在努力让自己颤抖不止的手镇定下来。我说，你不必知道他为什么害死我哥哥，你只需知道我说的是事实。今天，我们解决了很多事情，对吗？今天这个帐房里发生的事情，不扩散到外面，你同意吧？

博尔迪什么也没说，他喝干碗里的最后一口酒，红着脸和我握了手，离开了。

我昏睡了整整一夜，第二天头重脚轻了一天。

我接收了最后一批牧民的羊毛。等这批羊毛从我的站点运回公司，我就可以收拾东西，结束今年的收购工作了。我可以回到县城的公寓楼里，继续过那种单调、平常甚至严重重复的生活。但是，今年会有所变化吧。

羊毛运回去的第三天，博尔迪和阿秀一起来帮我拆卸帐篷，打包行李。一个人的住所似乎很简单，可东西还是那么多。这些零零碎碎的生活用品让我头疼。后面阿菊也来了，她们姐妹很轻松地帮助我打理好了，一个个包裹得既整洁又美观。我看阿菊，她在我短暂的注视中两次偷窥了博尔迪。博尔迪捆绑好了帐篷的骨架钢管。

单位的小货车来了。博尔迪挑拣帐篷、钢管骨架这些重而大的行李扔上车，每次他的脸暗红一下，我都替他担忧，我怕阿秀又说什么不客气的话。现在，我渐渐看明白，阿秀是完全管不住自己的嘴。或者不妨说，她根本不想管自己的嘴。因为她说过，嘴长在我脸上，又不长在我心上，我心里的话，脸管不上……还是一个任性的孩子。我们的道别她表现得很孩子气，红着眼睛说刚刚聊得投缘又分开。阿菊说，怎么办，要不你跟着去县城吧。阿秀说，不，还是你去吧，我看你是喜欢上老头了。阿菊说，你的嘴真该打，博尔迪你管管你老婆。阿秀说，他敢。博尔迪说，对啊，我不敢。阿菊说，你们两个,像一对跳舞的兔子。阿秀说,那是什么兔子?我从来没见过。博尔迪说,就是你常见的兔子,春天的时候它们很调皮。阿秀说,它们为什么调皮?博尔迪说,它们春天发情交配的时候很调皮。阿秀说,哦,那样啊,那和人一样啊,都是在交配的时候很调皮。阿菊说,你闭嘴。阿秀说,老头,你把我姐带走吧,她管我太严格了。我说,你真还说准了,阿菊是有去县城的想法。阿秀惊讶地啊一声,说,真的吗?我怎么不知道?阿菊说,也就是这几天的事,我委托他给我找个工作。阿秀说,天呐,你真的要走吗?你们有事吧?阿菊很适时地没有说话。我也很适时地露出笑容。阿秀说,好哇好哇,我果然没猜错,你们有奸情。阿菊说,你这个狗嘴,什么奸情。阿秀朝博尔迪瞪着眼睛喊,你听到了吗,他们已经相爱了,她都要跟着走了,比我们还快。博尔迪说,是啊,好快。我说,其实也就是缘分。阿菊说,好了好了,你快走吧,路上还有几个小时呢。阿秀说,呀呀,这么快就管上了,很敬业嘛。博尔迪说,是啊,可了不得。阿菊说,了不得什么,难道不行吗?博尔迪说,行,当然行。你是自由的,怎么不行。厉害厉害。阿菊说,你怎么阴阳怪气的,你什么意思?博尔迪说,什么什么意思?我什么意思都没有,不是,我的意思是你很棒,很厉害,我表示佩服。阿菊说,这难道不是嘲讽吗?博尔迪说,你从哪儿觉得我嘲讽了?阿菊说,你现在的样子完美地演绎了什么叫嘲讽。博尔迪对阿秀说,我嘲讽她了吗?阿秀说,你们干吗呀?阿菊说,我认为你没有嘲讽我的资格。博尔迪说,我知道啊,我当然没有,所以我祝贺你。阿菊说,祝贺什么?博尔迪说,祝贺你找到了真爱啊。阿菊说,你很混蛋你知道吗?阿秀说,行啦,行啦,你们别吵了,烦不烦。

他们有几秒钟沉默。我对阿菊说,你今天真的不走吗?那我两天后来接你。阿菊轻声说,好。我和博尔迪握手,我们的目光撞在一起,一切尽在不言中。阿秀心情烦躁,随便挥挥手说,再见再见。

车开出营地,即将看不见他们。但他们站着,还在争吵。

9

回到阔别两月有余的家,扑面而来就是一股陈旧的灰尘味道,即使我在离开前将家具都盖上了塑料布,也依然难以抵挡高原上干燥灰尘的入侵。打扫房间我花了整整一天。傍晚,去了最常去的面食馆,吃碗干拌面。然后穿过昏暗的长长的巷道回到家,鞋上满是泥土。我院子里的这棵榆树冠盖华美,貌似比去年更大了,遮盖了整个院子,白天的时候,阳光已经进不来屋子里了。扣上院子大门,我在树下的小木椅上坐下来,这个时刻,再烦躁我也坐得住了。我又开始管不住自己的幻想,这个院子和房子,如果将来有了女主人,那么更需要阳光和干净。

第二天天刚亮,我借来一把梯子,借来一把修剪器,开始修理树。到了下午,它有了一个利落的样子。整个院子也需要收拾,一直忙到半夜,精疲力竭,浑身疼痛。这一晚我睡得沉,但疼还是穿越这片厚重的睡眠区来到我身体上，我时不时遭受一波惊觉。其实我好像在半夜里已经醒了，但身体的疲惫让我仿佛处于一种昏睡的状态，我似乎很认真地在这种状态中思考：我是不是生病了？这不应该是突然高强度劳作后的样子，反而更像是随着劳累躯体的壳而突如其来的疾病。好不容易挨到天亮，下床。脑袋昏昏沉沉，眼角全是眼屎，眼皮沉重发胀。我想我真的是病了，是被博尔迪打出病来了。博尔迪可真狠呐。我去了医院，一位姓郑的医生接待了我。他看了我的舌头，听了心跳，那些常规的仪器检测我撑着异常疲惫的身体做完，已经到了中午。

下午，郑医生说是轻微的脑震荡。我说，既然是脑震荡，那么做那些不相干的检查干什么？他说，那得做，以防万一。万一是其他的问题呢？我心里有气，但也只能如此。我让他给我最有效的药，力求一两天治好。他摇头说，你真会开玩笑，哪有那样的事，什么事情不是一个循序渐进的过程。他开了一大包药，每天有十几片要吃。不过我心里又突然高兴起来，因为我觉得，这场莫名其妙的病是一个机会，可以理直气壮地有理由要求阿菊来照顾我了。我随便在一家餐馆吃了晚饭，回到家吃药,早早上床休息。次日,去单位,借了单位的车,开着直奔夏营地。

我不知道阿菊把事情处理得怎么样了。她想用我离开后的三天时间处理好,但那天她们在吵,我不知道她有没有处理好。她那么针对博尔迪,博尔迪也毫不示弱,他们生怕别人看不出来似的。但是,她的激动我可管不上,我就怕她嘴上说了一套行动上却是另一套。

我到了帐篷商店门口前,他们已经出来站在门口了。这里极少有汽车来。阿秀冲过来打开车门,嚷嚷道,我就知道是你,你来接阿菊了吗?

是啊,我来接她。我下车后,阿秀好像才看清楚我似的叫道,你这是怎么了?你脸上好难看。

没事,是一个重感冒引起的老毛病。我笑着和博尔迪握手。这次,他尽管很克制,但针对我的意思还是掩饰不住。我暗自思忖,会不会是阿菊说了更彻底的话?比如,已经和我有了性关系……

老兄,我现在浑身上下,里里外外,没有一处好地方,伤痕累累。他说。

内伤就自己治,外伤就医院治。反正有病就得治。

我也说得硬气，好让他明白，这里没有阴谋诡计，只有堂堂正正。

阿秀拉住我的手说，知道你今天来，我们都在准备好吃的了，给你们饯行。

从车到帐篷这段路上，阿秀不断地扭头看我的脸，又不着痕迹地去看姐姐的脸，然后看博尔迪的脸。她尽管表面上看着挺开心，但内心到底什么样子，谁也不知道。帐篷里果然一副凌乱的样子：洗着的菜，洗过的菜，切着的菜，牛肉，羊肉，还有葱，红辣椒……各种东西在地上、锅里、案板上，乃至小矮桌上都有。

我被让到了主宾位上，坐在朝北的小矮桌前面，很快端上茶来。相比于前段时间，这一次对我的到来他们的热情显得生分。博尔迪除了在门口说了那几句带情绪的话，其他时间很客气地和我聊天。我们之间的关系，因为各自带着的恩怨和宿仇得以解决而显得更赤诚。

这顿饭主厨还是阿菊。她说，好好给你们做一顿饭，以后就没那么多机会了。阿秀很不满地嚷嚷道，你什么意思嘛！我就不能去找你吗？你不回来吗？而且到了冬天我就要住到县城，我也要和你住在一块儿，你天天给我做饭。阿菊无奈地摇头，瞥了博尔迪一眼。博尔迪手里一直拿着茶碗，一刻不停地喝着茶。说他沉默吧，他也不沉默，也会说话，说他高兴吧，他也不高兴，脸上没有笑容。

我看着他们一杯接一杯喝啤酒，喝可乐。就像在极度口渴的时候，一杯一杯地喝水。饭菜那么好，谁都没有吃多少。他们的兴致上来了，说话越来越多，说话速度越来越抢。

我担心的事情并没有出现，他们很融洽。博尔迪没有找茬，阿菊更没有。正是这种状态，让我真的看出来这一家人真切的样子。我这个没有喝酒的人，这个"外面的人"显得格格不入，有时空的错位感，我仿佛在一个错位的空间中看着他们。

阿菊也放开了，她喝得比谁都多。酒至酣处，三人的真性情流露无遗。阿秀其实并不像平常那样对博尔迪满不在乎，我看得出来，她很爱博尔迪；我也看得出来博尔迪对阿秀很好，他也很爱阿秀；我更看得出来阿菊其实一点也舍不得离开这个家，哪怕这个家被他们的三角关系搞得让往后的生活扑朔迷离，她也舍不得离开。

她本来就是属于这里的，她不能离开这里。离开这里，她还是阿菊吗？她好几次脸上闪过幸福的样子。我一直期盼着，期盼着，最终还是失望了。自从开始喝酒，自从阿菊渐渐地开始被酒精麻痹，流露出真性情，她就再也没有让目光停留在我身上。她的目光总是从我身上一扫而过，好像我只是这个帐篷里的某个物体的一部分。我可能是一个茶壶，是一张桌子，是帐篷的帆布墙面，也有可能是帐篷角落的那个马鞍。总之，在她眼中，我并不是以人的方式或者是以她在乎的人的方式出现的。我想明白了这一点，一股蓬勃而出的沮丧将我和他们推得更远。

我离开了"姐妹花商店"。草地上空的热浪在活跃地发出声响，脚下每一根草尖都在窃窃私语，我抬起头来，粼粼碎光的热力木河对岸，那野鸽子山崖，那条不宽却深沉的箭洞在当年是我家的天然马圈，安库曾在最深处救下过一只麝。当然也不是白救，我们从它的肚脐眼里取了一团麝香，以备不时之需。后来母亲重症不治，这团麝香我派上了用场，缓解了母亲最后的痛苦。那只麝当年被我和安库取香时的惊讶眼神从我心头闪过。可是，当年我们家所在的那个营地早已了无踪迹，回归于自然了。这片山阜，发生了那么多事，还是沉着无声，我的家，我家的牧场，我的哥哥，我的母亲，还有我的父亲小白，他们相继从这里消失，回归天地，独留下我，我知道我在等什么，在盼什么。我置身于安库去世后的漩涡，漩涡的中心却是小白。他一直到了差不多的时候，才说出来自己的一个猜测。一个我在少年时便开始猜测的谜。仁钦，小子。他说，你可能就是这个草原的人，你的亲生父母亲可能就是这里的人……我对他磨蹭了这么久才说出这个猜测有些不满。但他那么爱我。母亲听到这句话，一下子哭了，好像我是这里某个人的儿子让她难以接受。我握着母亲的手臂，她就把眼泪抹在我脸上。

我想我已经做了很多愿意去做和必须去做的事情。我让母亲如愿以偿，成了一个"有工作"的人；我也很听小白的话，在当年那个黎明时分差点被马蹄踩死的地方驻留下来，一待就是二十年。难道我没有自己的想法吗？但这么多年我一直像个听话的孩子，听从了小白的嘱咐：等待在那个襁褓婴儿啼哭的草地上，等待着一个不小心丢下婴儿的牧人再次把他的孩子捡回去……我想起小白，他客死异乡，我带着骨灰回来的那天，异常稳定的情绪始终控制着我。我本来要带着骨灰去小白他们家族那个挫骨扬灰之地，但一刹那心灵触动，我意识到不应该这样，于是全部倒进热力木河里，让他继续做一个漂泊的灵魂。同时我也没有后悔母亲没有和小白在一起，我愿他们永不相逢。

背后三个年轻人欢声笑语，我真心祝愿他们好好地成为亲人，我祝愿博尔迪好好审视自己的感情，不要让"姐妹花商店"成为伤心之地。我和博尔迪用拳头的方式，用男人的方式瓦解了这段仇怨。再大的仇恨，也有结束的时候。我和更德拉的仇怨，到此结束。我终于能够心平气和地面对亲人的在天之灵。而我，也该走了，为了一段迟迟不能了却的仇恨，为了一个没有希望的承诺在这里生活了几十年，我人生的前一个阶段，就此终结。

我走向安库。我将最后一次看望他。阴阳两茫茫，此生做永别！

月亮和大漂亮

一个中秋

上海的中秋之夜，没看见有人放烟花，一些街上看不出有什么变化，但在另一些街道，两边店铺的橱窗上有中秋的商品优惠广告，有高档的月饼礼盒。有一家鞋店，黄纸上黑字写的是"中秋惠客，满三百减一百"；一家简餐店，门口成群的中学生在嘬冰棍，满足的喧笑声我听见了，这么看来，这座大城和我那边陲小城也没什么大不同。我开车慢慢经过。我转过两道街口，找到一个公共卫生间，下车时，累赘的身体迟钝得让人害怕，大热天的寒毛直竖。我在街上站了一会儿，两排梧桐树硬邦邦地伸出成片的柔软在屋顶。这是一条没有高楼的明净小街。我以前肯定来过。

南吉说公司一时走不开，约我十一点在静安寺区的"别喊"酒吧见面。他说我们举杯邀明月，邀大漂亮，对饮成四人。十一点前我接了五单，最远的去了徐家汇，也是最后一单。乘客是个年轻的女士，一路在说语音，听得出来是分别给四个人说的。这是我这一年来见到的除了我之外也喜欢说语音的人。将近一个小时的车程，她大概说了四五十条，且大部分都满六十秒。我将微信听书的声音调到最小，她还是不满意，说，师傅你把它关了吧，我处理一点事。你又是导航又是听书的，不费劲吗？我说，不啊。

再有两个月，我来上海一整年，跑滴滴也有六个月，算是把上海的每一个区都跑了几遍，依然陌生，可能是因为我只在夜里跑吧，每到一个地方，觉得似曾相识，细一想，又什么也没有。整个大上海，我只对家附近一公里内的地方比较熟悉，吃饭的几家餐厅，还有咖啡馆、酒吧和书店，经常去的是一家超市，电影院也熟悉，但从未去过。

"别喊"酒吧离我住的地方不远，我先将车停回住的小区，再走去酒吧，月亮被厚云遮掉了，估计明月邀不了了。到十一点半，南吉还没来。快到午夜的酒吧里人很多，好一点的位置都有人。我到阳台上，三张小桌也没空，但靠墙的一角没有人，我占据了没一会儿，南吉上来了，手里拿着一小盒月饼，吃月饼了吗？他说，只有三块，但味道好极了。阳台上的灯光比房间里亮一些，而楼下是一条小街，不时有车辆经过，更多的是骑单车和步行的人，对面，是一家很有人气的本邦菜馆，经常需要预约或者排号才能吃到。我和南吉吃过一次，并不合胃口，我还没有将胃的习惯调整过来，这需要慢慢来。

南吉把他存着的威士忌拿来了，剩有半瓶。我们说大漂亮，这是必然的。我们每次都会说到她，不知道她过得怎么样。她说很好，很忙，但很充实。我应该有一个月吧，没有跟她联系了。南吉说，你来吧。我说好，给她打视频。她出现了，在走路，说稍等，然后屏幕一黑，一亮，熟悉得不能再熟悉的场景出现，画着畸形的老虎的巨大的黄色橱柜；小书桌其实是缝纫机，不用的时候，机子隐藏在板子下面；发黄的墙壁上我挂过相框的位置，是一幅油画，看不清画里是什么。这是我曾经的家，现在，是她的家了。她摆弄了好一会儿才将手机放好，上身定住，不再晃动，她看着我们，笑笑，说，你们在哪里？中秋快乐！南吉说，中秋快乐，你今天直播了吗？她说，今天没直播，我去办理了一些手续，没完没了的手续，简直绝望。我说，平常心平常心，一些不用你亲自出面的事，你让别人去。南吉说，对，你现在是大网红，不必事事亲为。大漂亮说，你们两个傻缺什么也不知道，不是那么一回事。南吉说，当然啊，那是你的事，我站着说话不腰疼。他哈哈大笑。

　　大漂亮倒了酒，我们隔屏遥敬。我们看不到月亮，但大漂亮说她那里的月亮迷人得仿佛被施了魔法，要将她的心神吸上去。我刚才看了好一会儿，我大概看了一个小时，一动不动。她说。她拿着手机到外面，给我们看月亮。我看着，鼻子一酸，差点流泪。我不知道大漂亮她有没有想家，但我想家了。回想去年这个时候，我还在那边的牧场上呢，那也是我和大漂亮刚刚认识的时候。不承想一转眼，我竟换了个身份，游走在了城市的夜中。

另一个中秋

中秋节前两天，家里来了一位内地客人，千里迢迢。她是南吉带来的，南吉说，你叫她大漂亮吧。南吉是我童年时的玩伴，那时候，他一边上学一边当我的玩伴和放牧伙伴，我教会了他很多他父亲怎么教他都学不会的东西，比如捆扎牛腿、看天气、大清早辨别下午的风力……但他在学习方面胜过一百个我。所以他继续上学去了，然后在上海工作，没有回来。而我居然从七岁开始便没有改变一点生活方式。有时候我会就此思考，觉得很有一些莫名的东西在其中起着什么作用。

大漂亮入座后的十几分钟，异常安静。她好像在听从山谷山顶传来的若有若无的歌声。是山里人无聊的歌唱。我说。我对这位客人的到来报以复杂的态度，因为我不知道能不能相处。我刚才听到了两句,很好听,可惜不知道是什么意思。她说。是用藏语唱的,是专门在草原上唱的歌。我说。你听不懂吗?大漂亮说。大漂亮是上海来的。她是南吉的好朋友。现在,他的好朋友正在好奇地看着我。我只会说一点日常的用语,而这个人唱得很深奥,我一句也没懂,不过,要是能听得更清楚一点,我说不定能听懂一两句。我说。可那也没什么意义?大漂亮说。嗯,是的,没有什么意义。我说。可是,我听南吉说了,你一直在这里生活,你怎么会不懂呢?这就好比我出生、生活在上海却不懂上海话一样,她说。这也不是不可理解的事情。我说。这个地方叫什么来着?她抬眼看向外面的开阔地,鉴定似的吸了吸空气。图拉朵。我说。又是什么意思呢?她的追问很烦人。就是一个地名,没有什么意思,也许是温暖的意思。我说。一个温馨的地方吗?她说。你的住宿我已经安排好了,是一个小旅游帐房,可以吗?我说。没关系的,我一晚上不睡都可以,我更愿意就这样坐到天亮。所以,你千万不要管我,就当这里没有我这个人,让我一个人好好待着,好吗?她说。

南吉从自家那荒废多年的营地缅怀回来时，大漂亮去爬山了。我问南吉什么情况，他说大漂亮在调整人生状态。我说如果是这样她得忙起来，让自己像狗一样忠诚地付出，那才有用。南吉说，嗯，她确实太闲了，但真让人羡慕啊。

我送南吉去停车的地方。因为两天的暴雨，小河水位涨到越野车也过不来了，车停在山口。我们在上游离这里一里的地方找了一处水位比较平缓的地方涉水过去，再往回走，经过姑姑家，南吉和姑姑说了几句话，他邀请姑姑以后有机会到上海去玩。姑姑说，我这辈子都没有那个命。南吉打了个哈哈，尴尬地说，这怎么会呢，你只要想去就可以去。

离开姑姑的帐房远了，南吉问我，为什么姑姑住到滩地里来了？

姑姑家原来就住在离我一百米的地方，同样是在高高的平台之上。她之所以后来搬到滩地里去，是因为有一个算命的说，只有搬离老地方，才会让家庭有所改变。并大概指出方向。姑父是不同意搬离住了几十年的营地的，但拗不过姑姑。姑姑希望她的家庭现状得到改善，改善的人是丈夫和儿子,她不在其中。她常说,你姑父干什么都不成,什么气候也成不了,你弟弟也不成气候……她想让家里的两个男人成气候,所以搬到滩地去了。滩地里不好生活,每年的雨季,他们家都在遭殃,因为滩地会更加潮湿,而且会有水漫进家里,但她依然坚定地不动摇。

南吉感慨地叹气,说,人死了估计也不会消停。

到达停车处。南吉要乘晚上十点的飞机回上海。好几年不见,我们只聊了一个小时。他和我一样是单身,却一副将自己的生活管理得很好的样子。他比什么时候都忙,因为成了一个中层管理者。

上车前,南吉再看一眼正在爬山的大漂亮,说她是一名小提琴演奏家,现在生活上的一点小问题却把她困扰成这样。

我看不出她有什么问题,但是,她不会自杀吧?我说。

南吉收回目光,说,这几天她就拜托你了。

啊,不是说不用管吗?

话是这么一说,但该管的时候还是得管。她做危险的事你能不管吗？南吉坐上车，发动了引擎，撑着身子从后座上取了一个盒子，递给我，说，这是月饼，中秋节到了，你尝尝。

我接过来，看看精美的包装，蓦地找到第一次吃月饼的记忆，祖父劳拉将一块月饼分成五份，我们六个人每人一份。劳拉说，我们蒙古人不过中秋节，但这个月饼也可以吃一吃。这个月饼谈不上吃，到嘴里嚼两下就啥也没了，空留一股被诱惑的痛苦。

我拍拍月饼盒子，说，我们又不过中秋节。

南吉说，嗨。他从车窗伸出手来，我们握手道别，他再次叮嘱，你的眼睛不能离开她。

这可比贴身伺候难多了。

辛苦你，我一个星期后来接她。

我可以带她进山吗？

她会求之不得的。

大漂亮下山回来的时候，总算明白什么叫作自不量力了。我拿望远镜观察，她走了之字形状（算是有点经验），一路下来停歇十来次。下完三分之二，她坐下来摸着脚踝揉捏，嘴里在念叨着。我看得心焦，几乎有上去背她下山的冲动。不过，她最终还是成功来到帐房门口。一趟爬山让她脸色憔悴苍白。她站在门口，有些神色难明地看着我，像一只狼崽子，那眼神很地道地泛起幽光。南吉很快会来接你的，我说，他让我转告你，这里是山区，自己照顾好自己，不要去做危险的事情，那是在给别人添麻烦。

在大帐房旁边，支起来了旅游小帐房，里面隔潮垫、睡袋一应俱全。如果你觉得能接受，就当这是一次消费之旅。我说。她接受地点点头，晚上可以去爬山吗？她说。你最好别去。我说。为什么？她有点跃跃欲试。你怕狼吗？我说。她悚然一惊，对我报以歉然一笑。她的身高足有一米七五，与我不差上下。我这里第一次有单身女性做客，真觉得很不自在，但她却表现得很自然、大方。我做晚饭时，她搭手帮忙，去河边洗菜。河对面，我姑姑已经在帐房门口鬼鬼祟祟地瞧了很多次，我想着该怎么跟她解释这件事情，虽然我知道她也不会相信，我猜她可能在猜是我外面搞出来的事，情债追上门来了。大漂亮洗了五棵油菜和一根葱，得到确切的答复：我们今晚吃拉面。她被不远处的泉水吸引，研究泉水的喷涌规律去了。大漂亮穿得比我少多了，但好像一点也不冷，刚才她从装得鼓鼓囊囊的背包中取出防蚊喷雾剂，喷在修长的大白腿上，我本来有一句话想说：如果不保护起来，你的大白腿会掉一层皮，被晒得焦红，红里透黑。但不知为什么，最终没说。我想她说不定想尝试一下。

晚上，我们坐在我的帐房里吃饭，她那双无遮无拦的长腿让我感到很为难，我不得不躲闪眼神，又认为错不在我。吃完饭，她好像恢复了力气和精神，有长谈的架势，她扫了一眼我床头上放着的那些各种颜色的尼龙绳编织物，蠢蠢欲动地问，那是什么？我可以看看吗？那是我在编织的一副马笼头，但你不能看，因为一旦弄乱了，调整回来很费劲。我说。好吧，你有很多马吗？她问。我只养马，有大概三十匹。那你的牛羊呢？都卖了，然后换成了马。她显然不明白我为什么这么做，为什么？因为养马最轻松。我说。也就是说，你是为了让自己清闲才养马的？对啊。我说。可是，你清闲了干吗呢？我为什么非要干吗呢，我什么也不干。我说。你太闲了不迷茫吗？人太空闲了就会迷茫。她说。这我的确不知道，但我一点也不迷惘。我说。她伸直了腿，身子靠在我的被子上,说,真好,我想要的就是你这种生活。我很反感有人说这样的话。你想要我这样的生活?你知道是什么生活吗?你说这话其实不负责任,什么也不懂。我说。我很奇怪,说这话还需要懂一些特别的东西吗?她说。当然要知道很多。我说。你好像很生气。她说。我没生气,你既然喜欢这种生活,那你做好准备了吗?我说。你觉得我是一个不谙世事的小白吗?她说。我觉得你太自不量力了。我说。我让你心烦了,哈哈,这太有意思了,我居然会有被人讨厌的一天。她说。她去收拾自己的那堆乱七八糟的东西,就这么一会儿,她居然摆出了一大堆东西。她摆出来的东西中,最引人注目的不是那几条颜色鲜艳的内裤,不是装化妆品的瓶瓶罐罐,而是所有东西中显得最冷酷的一把带鞘的匕首。说实话,我眼红了,这把刀不需要出鞘,我就知道是一把顶好的刀。她这是负气要走的架势。

我也就是这样一个脾气,如果你现在就这么走了,不但让咱们共同的朋友难堪,也让我的尊严和你的人格受到挑战,难道你这位走南闯北的女英雄连这点言语的刺激也受不了吗?说完,我用一种很平和的样子看着她,她停下手里的动作，顺手用一条灰白色的披巾遮住了内衣内裤，她一点也不害羞。而且我觉得这种不羞涩是她对自己充满自信的表现。我很高兴看到她也有和解的意思，我们回到我的帐房，接着聊了下去。说到了年老，她显得比刚才更激动，说，真的，我没有办法接受老去的我，那太可怕了。我说，可我觉得这没什么，老天会善待每一个喜欢自己老了的人，我们没有权力只要年轻的自己，说不定老年的自己到底如何，很可能取决于年轻的时候，如果现在我爱年龄，那么大体上年龄也会用它的方式宽待我。她说，你这是有病的幻想，除非你信仰轮回和神秘，并且对现世无欲无求，你是吗？我说，如果我是呢？她说，那你的话说得就行得通，如果你自己不信，却要说出来让别人相信，这是比较可耻的。我说，还好，尽管我并非无欲无求，但确实是对年龄没有焦虑的，我的恐惧也不在年龄上。她说，你是佛教徒吗？她目光有些锐利地看着佛龛，说，但我觉得你不是一个敬佛的人。我说，何以见得？她说，你的眼睛给了我这种直觉。我说，我的眼睛怎么了？她说，你的眼睛目空一切。

我不言语，暗想，这女人的观察真有趣。

大漂亮天不亮就起来了。她穿衣服的声音很清晰，我看了手机，是凌晨四点半，还有四十分钟天色才会亮起来。我不知道她想干吗，但我没动，侧耳倾听。她走出自己的小帐房，吭哧了一声，好像在伸展身子。她的脚步声远去，是朝着泉水边去的。昨天，我跟她说过，早晨如果她愿意，可以用泉水洗脸。但你不能弄脏泉水。我说。当时她说，嗯哼。我昨夜没睡好，冷不丁家里多出来一个女人，我的不自在在持续发酵着，莫名地居然还有一点小委屈，也无处诉说。我轻飘飘地睡了几个小时，但不累。一条警惕的神经紧绷着，不知道在害怕什么。我好像梦见她的那把匕首了，或者那其实就是浅睡时的回忆。亮亮的锋刃。她咔哧咔哧地踩着清晨脆嫩的草回来了。我看了手机，五点了。我咳嗽了一声，弄出起床的动静。但她没有反应，径直地回到小帐房。她好像又睡下了。我愣了愣，纠结要不要起床。我刚躺下，大漂亮在那边说话了。扎迪先生早上好。她说。翁老师早上好。我说。我差点就想不起来她姓什么，因为南吉只一语带过地说了一下。扎迪先生，我想等会儿去附近走一走。她说。可以啊，吃过早饭再去吧。我说。不用，我没有吃早饭的习惯。她说。好的，那请天大亮了再去，不然会遇到夜巡的狗。我说。好的，我下午回来。她说。

她半个小时后动身时，我已经起床，点燃了炉子，烧了水。我检查昨天挤的牛奶，因为放在阴凉通风的地方，并没有变质。我想煮牛奶给大漂亮喝，尽管她说了不吃早饭，但这是我作为主人的待客礼节。我请她过来，倒了一杯热热的牛奶，也摆上切成片的焜锅馍。她好奇地拿起来看，咬了一口，说，这是怎么做的，这么好吃。我说，是用铝锅做的，做法就是面包的做法，但不一样的是会被埋在燃烧出温度的羊粪里。希望你不介意。她说，我才不介意呢，我的胃口好着呢。

大漂亮吃了三片她已经起了名字的"中国列巴"，喝干净一杯牛奶，背着一个小包走了。我给她大概描述了周边住的牧民和地理情况，她说要去对面的山谷。

这一天我心神不宁，怕她遇到意外。这时，我开始意识到我在害怕什么了，我害怕的就是她这个人，她的一举一动都带着某种危险，但我却不能阻止。她到来还不到二十四小时，我已经盼望着南吉赶紧来接她。我不知道南吉是怎么想的，大漂亮是怎么想的，住到一个单身男人家里，是我想多了还是他们太过分了？

下午五点，大漂亮开开心心地回来了。戴着墨镜，戴着鸭舌帽。她走的时候都没戴。她明显晒红了脸，却神情愉悦，刚进来，便说她发现了一条商机。我仔仔细细地盘算过了，真的是一个可以赚点钱的生意。她说。你说的是什么东西？我说。是你们的特产啊，风干肉。她说。这玩意做的人也不少，你觉得能赚多少钱？我说。还没赚钱就预测赚多少钱，这可是生意大忌，不能说。她说。你不是小提琴演奏家吗？怎么要做生意了？我说。那个行业我腻透了，想换个工作，我觉得做生意挺好的。她说。大漂亮说得更详细之后，我才明白她想干什么。她到了古勒莫家，古勒莫给她煮了风干的羊肉吃，她从来没吃过这么好吃的肉，更没想过本来应该是新鲜才最好吃的肉在时间和风的照顾下居然会有如此绝妙的风味。她的味蕾立刻被征服了，同时她很清楚地意识到，她这个典型的南方饮食习惯的人都能很接受，那便意味着这风干肉并不是小众的猎奇的东西，它可以得到更多人的认可，至少它可以走出去。大漂亮问了古勒莫，得知到目前为止，本地是没有人去做这种肉的生意的，外面几乎没有卖的。……

她居然好巧不巧去了古勒莫家。

而这种风干羊肉我也有，我问她还想不想吃，她说改天。然后她说，我想和你商量一件事。我说，什么事？她说，我们合伙做生意怎么样？我的意思是你负责生产，我负责销售，一定是可以将这个生意做起来的，先初步稳定下来，再慢慢扩大。我想也没想便拒绝了。她说，你不想有钱吗？我说，我有钱。她说，你能有多少钱？我说，这你就不用管了，至少我能养活自己。她说，我说的有钱是很多很多钱。我说，我不需要那么多钱，我也不需要那么多事，那么忙。她说，我觉得过了初期之后不会太忙。我说，没有一件事情是简简单单就能做成的。她说，你说得对，但不能和你合作太遗憾了，我上哪儿找一个合作者呢？我说，你非要做这个生意吗？我觉得并没有你想象的那么乐观，而且你对这些一无所知。她说，所以我要找一个很懂的合作者啊。而且，这是我第一次这么对一件事情感兴趣，我觉得我能做好。我说，好的，那我就不给你泼凉水了。她说，其实大的步骤就那么几步，其他的都是细节，都需要耐心，要慢慢来。我说，你能有这个准备，我相信你能做好。

我根本不相信她能做好。她只是一次心血来潮的冲动。

傍晚南吉打来电话，问情况怎么样。我说，脱离正常轨道了。他诧异地问，怎么了？我说，她要做生意了，要把我们的风干肉卖给别人吃。南吉沉默了一下，说，你觉得她是认真的吗？我说，我觉得她非常非常认真，而且斗志昂扬。南吉说，太好了，这是好事，说明她已经调整自己了。我说，好什么呀，她还要住多久？南吉说，怎么，你讨厌她？我说，也不是，就是很不自在。南吉说，你自在了这么多年，现在不自在几天怎么了？我说，好吧，但愿她不要损失惨重。南吉说，那就不是你操心的了。

我打电话避开了大漂亮。打完电话，姑姑在朝我招手，她终于忍不住了。我走过去，说，姑父呢？前两天不是回来了吗？姑姑说，你弟弟又开家长会，他去看看什么情况。姑姑的儿子我的表弟阿力腾胡伊格在县城上高中，他惹事的毛病一点不改，即便姑父天天守着也时不时地惹出事端。姑姑对此什么也不知道，因为姑父很多事情不会给她说，一说，她就愁得昏天黑地，让一家子都不痛快。我猜想是不是阿力腾胡伊格又打架了，他在学校没少干这事。有一瞬间，我甚至怀疑是不是姑姑在撒谎，是阿力腾胡伊格被抓了，她不好意思说。

她还没问，我就主动说了大漂亮的事。

是那个叫什么抑郁症的病吗？姑姑说，你小心点，她不会自杀吧？

她现在都忙着要做生意了，我看短时间不会有问题。

反正也小心点，晚上你们过来吃饭吧，我包点野木耳馅儿的饺子。

我回去后，告诉大漂亮我的姑姑邀请她去做客，要给她包野木耳馅儿饺子吃。大漂亮说，原来是你姑姑啊，我还以为是你邻居呢。我要带什么礼物去呢？我什么都没带来，嗯，我给你带来一盒月饼，你介意我分给你姑姑一点吗？我说，不介意，我有一盒，你都给姑姑吧。她说，那不行，我分一半吧，然后你还是要帮帮我，你借我礼物吧，我以后还给你。或者你卖给我。我说，你想要什么？

我差点说你把刀给我我帮你准备礼物。她想了想，说，我也不知道，我想带首饰，或者衣服过去，你有吗？我说，我只有湖南益阳伏茶，有绸缎，有专门走礼的丝绸被面，有哈达，还有几瓶酒。她说，你们去做客带礼物，都是这些吗？我说，大部分时候都是。她说，那我也这样吧，入乡随俗。我说，好的，两瓶酒，一条丝绸被面，一条哈达，一包茶叶，两百块。她说，你真要钱？我说，这些都是我花钱买的。她说，行行，给你钱。

但一直到傍晚，我从山里看马群回来，给她准备了礼物，我们去姑姑家，她都没给我钱。她连提都没有提。我倒也不是小气的人，但我觉得她应该给我钱。

姑姑和大漂亮其实并没有什么可聊的，因为大漂亮不会说蒙语和青海方言，姑姑不会说普通话和上海方言，她们大多数时候都是相互咧嘴笑：热情地笑，尴尬地笑，窘迫地笑，错误地笑，无奈地笑，各种含义的笑。

我给她们充当了一会儿翻译，很糟糕。

所以吃完饺子，大漂亮和姑姑都坐立难安，我提议回去。从姑姑家出来，外面亮得如梦似幻，农历八月十四的月亮大得像个摊开的酥油饼。大漂亮激动起来，忍不住哦哦哦地喊叫，回应也从山谷里清晰而被扩充地传来。她更加喊个不停，看着月亮，张开双臂，揽月入怀，陶醉其中。

　　快到河边了，大漂亮吐出一口气，说，天呐，不能交流真是太痛苦了。我以前觉得话不投机才最痛苦，现在我知道了，不能交流才最痛苦，但是你也真是，你为什么不给我们翻译呢？我叫屈说，我怎么没翻译，问题是我翻译了你们也不能交流，因为你们没有共同的点，你们是两个世界的人。大漂亮说，是啊，我一点也不了解这里的人，我觉得你们的生活很完整，就是说你们的生活是按照自己的安排来的，而不是被别人安排。我说，也许吧，我没想过。大漂亮说，你再考虑考虑，真不想和我做生意？我说，不了，我不是做生意的人。大漂亮说，那你是什么人？我说，我就是一个每天都真实活着的人。大漂亮说，好吧，真遗憾，我其实最想和你一起合作，我觉得你这个人很不错。我说，没事，不必遗憾，和我一样不错甚至更不错的人这里比比皆是，你会找到合作者的。大漂亮说，我明天再去找找看。但是，明天是中秋节，我需不需要带着礼物去？我还是带一些吧，我觉得带月饼去就可以了,你说可以吗?你有一盒完整的月饼对不对?我张张嘴,笑笑,说,好啊,你带去吧。大漂亮高兴地捞一捞水里的月亮,说,扎迪你人真好,南吉很靠谱。

大漂亮和古勒莫要合作了。这是她再次出门回来后告知我的事。这可真晦气,我甚至感觉到侮辱了,但不能怪她。我说,古勒莫知道你住在我家吗?她说,知道啊。

既然知道,那他就是故意的。从大漂亮的反应看,古勒莫什么都没对她说。他不说,无非就是想刺激我,激怒我,他可能觉得我和大漂亮的关系不一般,他想搞一些动作恶心我。

我说,你确定他是认真的吗?大漂亮有点疑惑,他非常有兴趣,也提出来好些建议,我们一拍即合。

一拍即合?

对,我们的很多想法不谋而合。

哦,那么恭喜你。

谢谢。可是我从你的表情上看不出恭喜的样子,我做错了什么?

没有，别多心，是我自己的事。

你的什么事？

是我和古勒莫之间的事。

你们之间什么事？哦，对了，我送他月饼，说中秋快乐，他说他不过中秋节，他还说你是故意的。

哦，我故意什么了？

我不知道，他说你在恶心他。你们到底有什么事？

这和你没关系。

大漂亮说，扎迪，你这样很不厚道，你至少让我安心一些。我说，我说出来你更不安心。大漂亮说，你说吧，你不说我才真的不安心。我说，我和古勒莫，是仇人。大漂亮说，仇人？天呐，我有多久没有听到这两个字，不对，是我第一次听到有人说这两个字，仇人……你们是多大的仇？我说，很大很大的仇。你觉得很可笑？大漂亮说，不，我突然觉得我对你们这里的生活有了更深的认识。我说，很好，你很聪明，仇恨的确是这里很重要的东西。大漂亮说，可是我很疑惑。我说，我也是。

大漂亮想化解我和古勒莫之间的仇恨。这真是……我拒绝了。不是那么一回事，我也解释不清楚这事是怎么一回事。我只能告诉她,有些事情,不存在"解决"这回事,就如同我们不能解决死亡这回事一样。但她显然没有死心。我思忖大漂亮在埋怨我不通情理,但她又知道什么呢。

我们第三次一起做饭的时候,她主动道歉说不该那么鲁莽地要求我。

我忘记了不该把自己的偏见强加到别人身上。她说。

我说,没关系,不是什么事。我说,中秋佳节,你想不想家人。她说她没有想,父母亲和哥哥都在国外,国外也不过中秋节。你们为什么不过中秋节?我说,就是一个传统,有很复杂的原因。我没兴趣跟她说更多的东西,因为我也不知道细节,我不相信在时间中尘积的东西。但她似乎已经很满足了,说既然是传统,就应该保持尊重。我说,其实也没关系,今晚我们就过个中秋节吧。

菜很简单,一盘大葱炒鸡蛋,一盘青椒肉丝,米饭。我打开一瓶酒。大漂亮跃跃欲试,她从来没喝过青稞酒,而且也很少喝白酒,她说她喝的基本是红葡萄酒、白葡萄酒、清酒和威士忌。她讨厌茅台的味道。她吃了一碗米饭和一些菜，喝了一龙碗酒的三分之一，再死活不喝。等着我吃完喝足，带她去爬中秋之夜的山。我说营地后面的山有海拔三千九百米，她说有我在她一点也不担心。而真正让我感到震惊的，是她面对感兴趣的事情时的热情，对做生意如此，对中秋月圆夜爬山也是如此，那是一种到了要融化的温度，我毫不意外地被烫热了，心情也变得激荡。想想，确实人生中没有认真对待欣赏赞叹过中秋月圆夜。这个莫名有了一种豪气的夜晚，是炫美而令人期待的。

我们一开始爬山，大漂亮便开始唱歌了，她的目的不在山顶，而在于这项中秋夜的运动。她走不快，我也不催促。明天又没有什么要紧事，时间消逝无所谓。走走停停，大漂亮坐下来休息，气喘吁吁。月亮那么大而明白，看得见姑姑的帐房，像一个水银匣子。灯光像一个黄点染在小窗户上。她肯定又在不可避免地探究我们的行为，大漂亮说我们的营地真漂亮，像被大山怀抱的小孩子。她用手机拍了很多照片，对着月亮也拍了，也让我给她拍。月夜的手机里，她整个人呈现出电影《倩女幽魂》里的那种色调，脸是青灰色的。她要吃月饼，我把包递给她。包里还有她的水壶，但水壶里是青稞酒。她拿出来，让我喝。我抿了一口，她掰开月饼，一半给我，一半她咬了一口，接过水壶喝一口，说，月饼就酒，难得的享受。

山里的野物时不时叫着，清空的音色，仿佛这个透亮的夜晚是声音的过滤器，将空间中数之不尽的杂音都剔除了。大漂亮青睐的一种声音特别像大型动物喝水时的"咕嘟咕嘟"声，她问我是什么动物的，我辨认了一会儿，没认出来。她有些鄙视，说，你连这个都不知道，这是你的牧场里的动物，你居然不知道。我很惭愧，无言以对。我发现她没有穿袜子，光着脚穿鞋，几天来都是这样。我说，你还是穿上袜子吧。她说，为什么。我说，防止蚊虫叮咬，还有在这里生活，会被各种各样奇奇怪怪的东西沾上，各种动物的粪便，各种植物的汁液，而且又没有经常洗澡的条件，有一层防护很方便。大漂亮说，不洗澡可不行，我需要经常洗澡，最好是每天洗澡。我说，你已经三天没有洗澡了。她说，是啊，我正在发愁。我说，你要是抗冻的话，我在小河上游没有人看见的地方修了一个洗澡池，你可以去洗。她说，好啊，冷水澡我能接受，只要能洗澡。大漂亮说，跟你说个正事吧，我这几天想了很多，现在我决定了，我以后要留在这里。我喜欢这里，我觉得我应该就是这里的人，只不过生错了地方，但现在我又凭着直觉找到了，所以我应该留下来。我吃惊地看着她。她说，不要惊讶，我又没说会赖在你家。我说，那你住哪儿？她说，我还没想好呢，大不了先租一个地方住呗，这儿我能租到住处吧？我说，这当然不难，我想知道你留下来究竟是什么意思，是长久的还是暂时的？当然是长久的，我说得不够清楚吗？我觉得我是这里的人，只不过生错了地方，现在我回来了。我说，就是说你要一直留在这里。她说，对啊，我往后余生，家就安在这里了，我在这里已经有事情要做了。

她轻飘飘地做决定了，真够洒脱的。在往山顶的剩下的路上，她详细给我解释了：首先，她在上海独自一人，没有家庭束缚，工作已经差不多是辞去的状态，而她还算有一点积蓄可以挥霍，不必为了生计而烦恼，所以做出这个决定并没有我想象的那么难。其实，即便有上述所有问题，一旦想要做出决定，也不是那么难，只要你愿意。大漂亮十分愿意做出这个决定,她甚至觉得这可能是她一生中做的最明智的一个选择。反正我接下来又要选择,选择活着或者死去,选择好好活着或者一般活着,选择有意思地活着或者无聊地活着,我觉得我这次的选择一定是很有意思很好玩的。我不敢保证,因为我不觉得她知道自己在干什么,但也没有关系,不行再换就是,相信到时候她也会做一个她觉得正确的选择。此时此刻,她需要的是祝福和肯定,所以我这样做了。她很开心,一口气将最后一段山坡走完,我们来到最高的地方,那块裂满皱纹的巨石之上。山区温凉,平静得仿佛在另一个地境,有比平时更轻的一种轻、比平时更薄的一种薄均匀地铺开在月色的里里外外。月色神奇地将一种平时看不见的物质堆积起来,形成尘雾般的东西,在这方空间里游荡着,像一条条被风托浮起的纱巾。

大漂亮久久不语,心神摇曳。

末了,她伸手散开了头发,自言自语地说,悠长悠长的世界,我接受……我们在巨石上坐到后半夜,中秋节月亮的每一步移动都没有错过。这是大漂亮说的。她还说,她好霸道啊,你看,她周围谁都不让靠近,空空荡荡的，就做她自己。我喜欢。

再一会儿，她说，你知道吗？月亮上有很多条很长很长的断崖，每个断痕都好像是月球的一段心事。你说，我们人的心上是不是也有很多断痕断崖，一旦出现再难愈合……

我觉得是的。我说。

你说人是不是必须被伤害呢？为什么人要伤害别人呢？难道最亲的人也要互相伤害才能活下去吗？

我觉得是的。我说。

我觉得的确是这样。她有很多伤心事，需要来草原、来这山区调节，我觉得这很好，应该很有用。但我不知道这里的人需要调节了应该去哪里？又该怎么办？我在这里没有遇到过像她这样需要调节的人，也许，知识越多、懂得越多的人，心情上的事就越多。

水壶里的酒喝光了。她喝了大部分，醉了。说话越来越多。后来我躺在巨石上陪她，半睡半醒。

我扶她下山的时候，她清醒了一点，但也不能勉强，近乎四分之三的路是我背着她的。我担心她吐在我脖子里，还好没有。

快到帐房了,她说要去洗澡。我说喝酒了就别去了,她死活要去。我有些愤怒,说,你怎么这么无礼?她说,哥哥,我要去洗澡,求你了。她热腾腾的醉脸靠过来,我吓得躲开,赶紧说,好好,我带你去。

她拎了装洗漱用品的小袋子,我让她噤声,我们贴着山根朝山里走。一路上躲避姑姑的帐房,她或许依然在那里窥视,我也要徒劳地躲一躲。我们要走五百米,好在都是平缓的路。大漂亮说,扎迪,你好像一点都不喜欢我?我说,没有的事,你是个令人心动的女子。她说,你心动了吗?我说,我们一见面,我就知道我们会成为最好的朋友。大漂亮说,扎迪,你真狡猾,我们一见面你差点冲我发火。我说,正因为你让人亲近,发火也就发了。她说,你像草原狐狸一样狡猾,但我还是很高兴。

我不会问她高兴什么,我尽量减少和她说话的机会。我们谈不上相互吸引,这倒也正常。洗澡的地方到了。大漂亮看了一会儿,说,嗯,一个水坑。我说,夜里的水很冰很凉。她兴奋地说,我正好试试。

月亮太亮了,好像走很远也能看见她洗澡,而她又不允许我走太远，于是我往下游走了几十步，在一处草疙瘩旁边坐下，背对着她，只要我不回头，我肯定看不见什么。她很快就下水了，被冰得尖叫，那声音大呀，姑姑绝对听见了。尽管我没做什么事儿，但还是羞臊得脸热了，因为姑姑不会往好处想。她叫个不停。我说，你别叫。她嘻嘻哈哈地说，怎么了？多好的地方啊，我想大喊大叫。我说，姑姑会听见的。她说，你别小瞧过来人。有一瞬间我真想砸她脑袋一石头，好在她还是收住了声音，低声哼哼着洗澡了。

我能感觉到她的心神都在月亮上，她心不在焉地洗着身子。我也看着天空，心想人生什么事情都可能发生，就像现在这样。

她洗得比我想象的快，穿好衣服来我身边坐下，不愿意回去，说这么好的夜晚，应该多享受享受。她的话很多，自己说很多也问我很多。问我的家庭，她说，很奇怪，你们这里有很多人在独自生活。你能说说你的家庭吗？我说，你想知道的是我妻子的事吧？很简单的事，得了一个老人病，心脑血管的病，想不到吧？都来不及抢救就去世了，我们也没有孩子，以前有过一个，但早产了，后来一直身体不好，我就想着过几年再说，可惜也没有了。

大漂亮说，你不想再结婚了吗？我看得出来，你不想结婚。我说，不想了，一个人挺好的。她说，什么时候的事？我说，已经三年了。她说，扎迪，我们要好好活着。我说，绝对的，按照我们自己的心意活着。

大漂亮说起她的事。其实也没什么，大部分人的经历能有多大的差别呢，小孩如此，成人更如此，每个人的遭遇都有很多不合理，而这些不合理创造的苦味又不是自己情愿接受的。她在一个小音乐剧团工作，工作轻松，但会议繁多，她已经受不了了，要不是有她亲爱的恋人充满乐观精神地陪在身边，她早就不干了。她的恋人也是音乐剧团的小提琴手。他们的区别在于，大漂亮的天赋、经验、演奏的精准度和音乐直觉都比恋人高一等，但这不是恋人背叛她的理由，大漂亮想不通两个人一直那么相爱，他怎么突然变了，那么迫不及待地爱上了另一个女孩，一个纤弱得像软体植物的小女孩。大漂亮被刺激得连眼泪都没有了，好像在蓄泪的过程中被身体的激荡震碎分解，无处可逃，她的悲痛都抵达不了眼睛。她木然地辞去工作，睡了半个月，长胖了三斤，无论如何，身体的机能是不能被打破的。她开始寻求振作的途径，于是南吉推荐了这里，她觉得来对了，这里简直太好太完美，几乎就是她的归宿。

回到家时，我彻底酒醒了，乱糟糟的思绪充塞着脑子，失眠至天明。大漂亮第二天中午才醒，她重申昨夜的决定，证明自己不是酒后胡说。她跟我商量，目前，暂时先在我这里借住。如果我有更大的帐房的话，她想租借一个，让我开价。她还想和我搭伙吃饭，伙食费让我开价，她不还价。

我不太会做饭，所以可能是你做给我吃，我会给你报酬的。不过，后面我的生意忙起来，我可能不会天天吃饭，但我还是会按照我们谈好的给你报酬。她说。

我不愿意。她想知道为什么不愿意，我不想说给你一个外来人做饭伺候你我不愿意，你又不是我什么人，我该怎么面对亲人和乡亲们的质疑。虽然我一般都能做到对流言蜚语不在乎——因为我一直都在其中——但莫名地又多了一个女人的事儿，我还是很抵触的，因为关键是她不是我的什么人，不是我的妻子也不是我的情人，哪怕我们昨夜聊天聊得很好,她也只是一个借宿的人,最多是一个新的朋友,我却要背负她带来的误解,却没办法给别人解释这个误解。但是短短几分钟后,我却已经答应了她所有的条件,因为我拒绝不了她开出来的条件:不管她是不是每天吃饭,总之,她一个月给我付五千元的工资,伙食采购另付一千元。她马上可以给我两个月的工资,我很心动这笔钱。债多了不愁,虱多了不痒。无非给人们添一个供咀嚼的闲话而已。

在大漂亮住在这里的第二个星期,她主动给南吉打电话,让他不用来了。他们聊了很久。然后晚一些时候,南吉给我来电话,询问情况,我如实说了。南吉说,你上次说,我还没有太当真,看来她真的下定决心了。我说,她跟你怎么说?南吉说,她说打算定居了,她正在物色一个牧场,想租下来,她想拥有一个牧场。

又过了一个星期,南吉给她寄来了很多东西,包括她的那把小提琴。是古勒莫开车和她一起去取回来的。古勒莫装作若无其事的样子,也没有进帐房来,放下东西就走了。

大漂亮和古勒莫的第一笔生意做得非常成功。据她简单透露,第一批风干羊肉出售点是上海一家大超市,她找到了"青草"牌羊肉干进入超市的关系。"青草"是她和古勒莫注册的商标。她觉得这个名字棒极了。至于更复杂重要的食品安全审查和检疫这些问题,古勒莫找到我们当地的一家畜产食品公司,挂靠在其名下,顺便租了一个冷库,他们相信很快就会用到冷库。他们第一批货到底赚了多少我不得而知,反正大漂亮很高兴,信心百倍。她来到我这里的第二个月的第四天,收到上海超市的电话,那边想让她长期供货。我听到只言片语,好像每个月需要五百斤,大漂亮认为太少了,但她也没争取再多一些斤数。她答应了。挂了电话,她转而对我说,看来,我还要另外想办法增加销售了。我说,你们也没有那么多货吧?她说,我们打算建立一个稳定的生产基地,就在古勒莫的牧场里,我们打算盖一个大厂房,然后里面挂满干肉。我说,你现在卖的这个干肉,需要一个很特殊的风干条件你知道吗?大漂亮说,我当然知道啊,这些事古勒莫都跟我商量了,他知道得很,他负责生产,我负责往外卖。

这一个月,大漂亮在我这里吃饭不到十次。我回定居点运来的那个活动式蓝色帐房——就是救灾用的那种帐房——安扎在离我的帐房三十米的地方,里面床铺什么的一应俱全,简单的生活和安全都没有问题。但这里她也不是天天睡,有至少十几天的时间她夜不归宿,有两次我问她住哪儿了,她说去县城办事没回来。她给自己买了一些衣服,换着穿到没有可换的时候才花一个半天时间蹲在河边洗。洗衣服成了她生活在这里最大的困难,因为她从来没有手洗过衣服。我看她根本就没洗干净。她好像考虑过雇用我给她洗,但最后放弃了,经过这些日子的了解,她知道我会为此"发飙"。

关于她和古勒莫我还是听到一些传闻,说古勒莫很喜欢大漂亮,古勒莫老婆看得清楚,坚决反对他们一起做生意,但古勒莫揍了老婆一顿。现在他老婆已经回娘家去了。还有一个新闻是他大舅子来找他,也打了一架。这些事情大漂亮好像都不知道,没有人会告诉她这些。但她和古勒莫真的发生关系了吗?我了解古勒莫,他会贪图大漂亮的美色,也许他答应做生意的初衷就是为了靠近大漂亮。但我好像也了解大漂亮,这是个心高气傲的女人,一般男人她绝对看不上。但她可能对古勒莫比较认可，因为她第一个搭档就找古勒莫了，而且古勒莫长得不赖，很聪明，生意上和她搭配得很好。所以我怀疑她那么多天夜不归宿，是不是就住在古勒莫家里了。如果真是这样我会很沮丧，换个人我无所谓，但为什么是古勒莫？这让我觉得他压了我一头，一连几天我心情不痛快。

我没问她任何这方面的事。

这天下午，我睡醒后去看马群。马群在第六个湾谷里，很乖巧。自从三年前我将所有的牲畜都换成马之后，我的生活发生了巨大变化，再也不必每天忙碌得那么狼狈了，我有了许多时间干其他的事情，我读了很多书，在写一个电影剧本一样的东西。内容是一个人骑着摩托车走在自家的牧场小道上，碰见了一头死去的牛，于是他在牛的尸体旁等待这头牛的主人，想讨一个说法：为什么他的牛会跑到自己的牧场里来吃草？这过程中他梦幻般地经历一些事情，睡醒后，发现是和牛主人一起在经历……

我不务正业，神经兮兮，做一些别人看来可笑的事情，嘲言讽语早就开始流传，现在加上了大漂亮。有关她和我的闲话是我找了一个媳妇,然后这个媳妇喜欢上了古勒莫,把我抛弃了。

这是姑姑告诉我的。我看马群回来,她招牌式的招手动作再次出现在她家门口。我很不情愿地打马过去。她说,你看看,她到底是怎么回事?我解释我们什么关系也没有。她是我老板。我说。那些婆娘们的嘴里屎都能出来。她说。她气坏了,她知道那些女人们添油加醋说了多少她儿子和丈夫的坏话,现在又加上侄儿了。我好言好语劝她消气,讲了一些人最好为自己活着的道理。她什么也没听进去,兀自沉浸在愤怒中。我溜了出来,看见大漂亮回来了。

你怎么回来的?我明知故问。尽管我劝姑姑不要生气,但这个流言的杀伤力还是很厉害,因为又有古勒莫(现在他估计都洋洋得意了),我说话的语气很不善,她故意装作听不出来。

古勒莫送回来的。她说。兴许是我的怀疑,兴许是她真的有变化,总之我觉得她不太一样了。哪里不一样呢?看不出来,她的头发倒是更长了。穿着的鞋是那双棕色皮靴,被草丛刮蹭得油亮。她的脸还是精致、美貌,微微变了点颜色。

这几天你有些变化。我又故意说。我不知道这有什么可说的。

哦？哪些变化？她下意识地摸摸脸。

整个人都有变化，但又说不上来。我说。

大漂亮不再问了，她说有一件很重要的事要和我商量。我说，什么事？她说，你有没有想过离开这里，去别的地方生活？比如到一个城市去。我说，我想过，其实我很喜欢到城市去，我在这里待腻了，感觉没什么意思。她说，如果你愿意，并且真的下定决心的话，我可以帮你。我说，你怎么帮我？她说，首先是你要下决心，你是真的要去，还是只是憧憬一下，不敢迈出那一步？我说，我有什么不能迈出的，我和你一样，没有多少负担。大漂亮说，我有负担，只不过我不让负担束缚我。你要是真想出去，你想去哪里？你觉得上海怎么样？我说，我很喜欢上海，尽管我没去过上海但我喜欢上海。她说，OK了，这就好办了。如果你想去上海生活，我可以帮助你。怎么帮助你？首先，我可以给你找一个住的地方，你可以先住到我的房子里去，这样你就有落脚地了，其他的事慢慢来好了。我说，你的房子？她说，是啊，我现在住在这里，房子就空着呢，长时间没人也不行，你去住挺好的。

我怦然心动。我们以前聊天的时候，我说过想出去的话，没想到她放在心上了。而且她这个提议恰好在解决我最担心的事。到大城市，首要便是居住问题，我的这点积蓄，付高额的房租实在撑不了多久。还有一件事我也没想好，我去了城市干什么？我想干什么？我茫然无绪。

大漂亮在观察我的神色变化，我心里忽地一动，我说，你的建议打动我了，我现在蠢蠢欲动，但是，你是不是还有话没说完？大漂亮难得露出扭捏神态，沉思片刻后说，我确实有一个想法，我想和你商量一下。你知道我已经打算在图拉朵定居了，所以我也要有一个落脚的地方，属于自己的一个地方。我想租一片牧场，舒舒服服地生活，但这段时间我调查了一番，最后还是觉得你这里最好，也许是因为我已经在这里住习惯了，不想换地方了。而且最重要的是你也有要出去的打算，仿佛这就是老天在让我们进行一次交易。我是这样想的，对，我要先清楚你的草场面积有多大，一年租金是多少。我说，你说的是这片牧场，还是包括定居点的？她说，我说的是所有。我想了想，说，我两片牧场加起来是二千五百亩，按照今年的租金一年大概是十六万。大漂亮说，十六万，每年的价格都会有浮动对吗？我说，是的，但整体处于上涨趋势。大漂亮说，好，我的想法是这样的，我想租下你的牧场，然后我把我的房子租给你，我的房子在上海市中心，如果正常出租，一年的租金大概也在十万以上，但我可以优惠给你，你每年给我八万，你觉得怎么样？

八万一年的房租远超我的预算，但我还是点头了。我问她是不是我的牧场也要优惠？她说不用，就按这市场价来走，但我要答应她有在牧场里小范围搞建设的权力，我说小范围是多大，她说大概会在二十亩之内。我说只要建设局同意，我就同意。

我们聊了很久，聊了各种细节。我们会签一个十五年的协议，主要内容就是在协议期内不能将牧场或房屋转租给别人。至于租金却是一年一付，我们谁也没有一次性付清的能力。再说那也不是一个明智的选择。初步这样说定了。我有些恍惚，没想到一下子，以前只是想想的事情要成真了，我开始憧憬在上海的生活。我还是没想好要在上海干什么，我好像什么也不想干，但我很愿意在上海生活。

大漂亮太开心了，在帐房门口跳起舞蹈，火辣辣的舞蹈看得我脸上也火辣辣的，我下意识地扭头看了看姑姑那边，看她是否在观察我们。她没有在看。我将注意力转到大漂亮身上，她的身姿妖娆妩媚，扭动臀部时候的性感对我刺激很大，我清晰地感觉到下身的变化，又羞愧又躁动，换了几个姿势，希望她别看见。但大漂亮早就注意到了，她故意不动声色，甚至可能还故意跳得更性感了，直到我被撩拨得无地自容，她终于停下，哈哈大笑起来。笑得支不住身子，笑得跪坐在地上。我恼羞成怒，说，你觉得这很有意思吗？我觉得你在侮辱我。大漂亮笑够了，但依然开心不已，她说，我怎么侮辱你了？我就是很高兴想跳舞了，然后就看到你那个样子。她又笑起来。我说，你这样撩拨一个长久单身的男人很危险。她轻蔑地斜视着我，我相信你是一个单身男人，但你又不是真的单身，我才不相信你没有情人呢。我没有，我说，是你的古勒莫告诉你的？她说，嗯？什么？什么我的古勒莫，别胡说好吗？我说，大家都说你们已经像两口子一样生活了。

大漂亮气哼哼地回自己帐房，路上还在嘀咕什么。我突然发现她好像变胖了一些，从前面看不明显，但从背后看，她的腿和臀部以及腰部，都大了一圈。她肯定是肉吃多了。

一套城市的公寓和一片草原的牧场做交换，牵扯的事情并没有想象的那么简单，首先生活中的东西需要转移或者收藏起来，大漂亮说她那边其实无非就带走一些必要的生活用品，其他的都留给我。我也这样跟她说，除了必须收藏起来的和必须带着的，其他的都留给她。这样一来我们都给彼此提供了极大的方便。

我回定居点几次，收拾东西，越收拾越杂乱。一个月时间过去了，我都没有整理出个头绪，但我必须收拾清楚，这里以后将是大漂亮的居所。大漂亮已经来验收过房子，既不满意也不失望，一般般。但我以后会自己改造的，她说。大漂亮和古勒莫的厂房已经开始建设，他们真的就建在古勒莫的夏营地，而不是更方便的定居点。大漂亮说这是古勒莫的意思，因为夏营地的地理条件更适合，而且这里屠宰牲畜也方便。我忘了风干牛羊肉需要宰杀它们。这是我没有想到的，我太傻了。大漂亮说。你们可以购买畜产公司的肉，然后风干。我说。古勒莫说这样做的成本太高了，我们现在盖厂房是贷款，要控制成本。她说。

那我就爱莫能助了。我暗暗发笑，她居然没有意识到这些肉是需要杀生才能得到的。她好像很害怕这个。我很奇怪为什么古勒莫没有说过，他们应该谈到过这些。从上个月开始，古勒莫能够从周边人家买到的干肉都告罄了，他们到附近的村子里去收购，这不是长久办法，还有两个月才是宰杀牲畜的时候，然后风干成熟，还有至少三个月时间，这段时间他们的缺口还很大，几千斤干肉不是一个小数目。我估计他们到最后两个月可能会断货。他们现在的状态相当于是"打零工"，还不正规。我担心的也是这个，如果明年大漂亮就做不下去了，她突然想回去，我岂不是白忙活了？

我跟她谈起过这个担忧，她又生气了，说，我是个出尔反尔的人吗？即便我做不下去，我也要生活在这里，你别忘了现在这是我的草场，我的家。我道歉说，对不起，我是担心你后面的事情。大漂亮说，谢谢，但请别担心。

我的担心有道理，往远处推想，假如他们结婚，成了一家人，大漂亮在上海的家也等于是古勒莫的家，他会同意我住着吗？还有，我的草场他也可以随便用了，这是我很不能接受的。大漂亮不会考虑到这些，因为这和她没有深切的关系。

这天晚上，我去帮姑姑拴牛犊，陪她一起吃了饭，姑父几天前回来，住了两个晚上又走了，他们第一个晚上就吵架了，我也不想知道为什么，无非就是阿力腾胡伊格学习不好，无非就是姑父的置身事外，无非就是姑姑的各种怀疑……我要回去时，姑姑说了一句，你弟弟又没及格，你姑父也不管，他们爷俩倒是活得滋润。我嗯啊一声，暗自叹气，牧区的孩子，受点教育真难啊。我几乎已经可以断定，表弟是考不上大学的，一个考试常常不及格的人，怎么可能出现奇迹？但姑姑的幻想太牢固，根本不是我一两句话能打破的，只有她自己才能打破自己的幻想，但她打破后能不能承受？我不得而知。

我心里沉甸甸的，为她担心，等我也走了，她身边就没有亲人了。原来她很胖，现在瘦了三分之一，脸颊空了，皮肤黯淡浑黄，一副生气不足的样子。姑姑她为别人活得昏天黑地的状态让我很生气，更生气的是我改变不了她。

第二日，我走过大漂亮的帐房，发现她在里面。我敲帐房门，进去。她还在睡。一条长腿伸在外面，她的眼睛虽然闭着，但浮肿明显。我哼了一声，她醒了。你怎么不问问就闯进来了？她说。我敲门了，我以为你不在。你最近一直都不在。我说。最近要忙的事情太多了，我们决定在干肉大规模生产之前，先做鲜肉。我们要搞直播了。她说。哦，直播，肯定是你直播对不对？我觉得很好。我说。因为她的形象可以说好极了，一个大美女直播卖肉，一定会有流量的。是我来，我们这段时间在做准备。她说。她坐起来，上身穿着一件黑色的打底衫。我穿衣服，然后一起吃饭。她说。

我煮好茶不一会儿，她洗漱好来了。打扮得很漂亮。我们吃着新鲜的酸奶，聊着直播的事。基本已经弄好了，下午就是第一次试播。她邀请我去看。我踌躇片刻，还是答应了。然后我再次严肃地谈到牧场和房子交换居住的事，我建议起草一份合同。我提出了我的要求：一，我的牧场除了大漂亮，其他人没有使用权和居住权，更不能进行二次出租交易；二，我上海的住房一旦入住，她不能以不充分的理由中断我的居住权。

大漂亮认真看了我一会儿，说，你的所谓的不充分的理由是什么理由？我说，就是你不能因为其他的理由驱赶我，除非你自己回来住。我也一样，除非我回来住，否则我不能中断你使用牧场的权利。大漂亮不置可否地点点头，说，我很想知道你到底在怕什么。我直接说，我担心你以后和古勒莫结婚，我担心古勒莫报复我，我担心他霸占我的牧场又把我从你的房子里驱赶出去。大漂亮沉默了一会儿，说，你凭什么认为我会和他结婚？我说，这就是我的猜测，也许会发生，也许不会，但我需要提前做准备。她说，好，那我可以明确地回答你，我不可能和古勒莫结婚，我再说一遍，我们也没有那样的关系，但如果你坚持签合同，我也同意。

我说我坚持。我们在网上搜索下载了合同范本，敲定了合同内容，她没有特别要补充的，或者说我补充的便是她补充的。我贡献了笔和白纸,她执笔起草了两份合同,我们很认真地签字,按手印。没有印泥,我们用锅底的黑灰代替。但摁了后我又想起来我有印泥,我在扣箱里找到了,我们再摁了一遍。大漂亮对我的这番行为很不满,但我知道她真正生气的是我诽谤她和古勒莫有男女关系。可无论他们有也罢,无也罢,我都已经受到伤害了,我只从自身的立场考虑问题。我在想中午是不是要给她做饭。还是带着她去姑姑那里吃饭,顺便这件事让姑姑知道,姑姑还不知道我很快就要离开。她知道了会作何感想?但大漂亮显然不想这么放过我。正事谈完,她迫不及待地开始"审问"了。你为什么老是觉得我和古勒莫有一腿呢?因为你一直住在他那里。我说。我也一直住你这里,难道我们也有一腿?她说。我们是没有,但别人都觉得我们有,而且还在说古勒莫把你从我身边抢走了。我说。从某种意义上说的确是抢走了,因为你不愿意和我产生太多纠葛,你甚至不愿意表现得亲密一些。你别辩解,我知道得很清楚,尽管我不知道为什么。她说。我还是要解释一下,我没有害怕和你有纠葛,我们现在不就是在一起吃饭聊天、一起生活吗?

我之所以不和你做生意，我以前解释过了，而且你看到了，我就要走了。我说。可是你从一开始好像就对我一点也不感兴趣，这很奇怪。她说。谁不喜欢美女，我当然也喜欢，但我知道不会有什么结果，也就不去做徒劳的事。我说。你不做怎么知道没戏？她说。你是在勾引我吗？我说。我是在嘲笑你。她说。我谢谢你。我说。开玩笑的，我现在可是牧场主，你小心点。她说。我小心什么？再说也是租的，什么时候你真的有一片牧场再吹牛。我说。你又在影射我去结婚，我结婚了法律上便有了牧场，对吗？她说。是这么回事。我说。我很好奇，你们到底是怎么回事，难道就不能说吗？她说。她凝视着我。这跟你无关。我说。有关系，现在你们都和我有关系，我真的拿你当朋友呢。她说。你的搭档为什么不给你说？我说。我跟你说，我和古勒莫是生意多于其他，我和你是朋友多于其他，所以我只会问你，不会问他。她说。

我还是没说，她再被我气到一次，说我是她没有想到的倔强固执、不通情理。随她怎么说，我就是不想说这事，对谁也不想说。也许我是怕说出来她也不会理解，她更可能觉得我没有说实话，却用这样烂的借口糊弄她。因为，归根结底，我和古勒莫之间有什么呢？到底怎么回事呢？其实我们自己都不知道，反正从第一次见面便互看不顺眼，不止我，我感受到他也一样。世上就是有那么一种人，让你从骨髓深处感到讨厌，从脑海深处觉得恶心，仿佛前世的宿仇一样。古勒莫对我来说就是这样的人，再加上后来发生的几次言语上的不愉快和喝酒后的一次蓄意挑事打架，我和他便自然而然成为仇敌，如果我有机会让他身败名裂家破人亡，我不会手软。他也是。所以，我在想，大漂亮和他传出绯闻的时候，我是否也有很大一部分情绪是兴奋，我是否希望他因为大漂亮的介入而家破人亡？

即便有这种想法我也不会承认，所以我也不想跟大漂亮说什么。

她回自己的帐房了。我们下午一点去直播现场。

大漂亮的直播试点放在了古勒莫的营地旁，因为大漂亮认为，直播里面必须出现的元素要有帐房、远山、真实生活的营地、一片碧绿的草地、挂着新鲜牛肉的架子（牛肉最好刚刚宰杀，热气腾腾），这些条件古勒莫的营地全部能满足，直播就在他家帐房旁边。直播设备很简单，一个大支架上放一部手机就行了。

这是我五年来第一次来古勒莫的家，倒不怎么别扭，因为我是来看他现在的状态的，他老婆不在，家里一种看似正常实则很乱的感觉。我暗自点头，很好，果然……他的样子很亢奋，连带着对我的态度也好了。

帮他宰杀牛的是他表弟和邻居，我们到的时候，牛肉已经被卸成四大块，挂在钢管架子上，血腥味和潮乎乎的肉气让大漂亮有些不适应，她第一次面对这种情况，我看她有一会儿在恍惚中，似乎不知道自己在干吗。

古勒莫将一个信号接收器放在手机后面。等了几分钟，信号稳定，大漂亮也准备好了。直播开始了。手机镜头里剩下大漂亮一个人，还有身后大块大块的牛肉。大漂亮是做过很多功课的，对牦牛肉的品质、产出、营养价值等都说得很好，说得很轻松。表情、手势、声音，都把握有度。

我们四个人站在远处，以免干扰她。古勒莫拿着手机，在直播间里等待第一个下单的人。我也揣着好奇进入直播间。从手机里看大漂亮，又是一番样子，好像一些东西被过滤掉了，里面的人显得更具色彩和美感，眼睛更闪亮，嘴唇更艳丽。但开始的十五分钟里只有我们几个人，一个观众都没进来，当她设定好的宣传语第一遍表演完，第二遍开始的时候，她依然一副若无其事的样子，非常淡定，毫不迟疑，就好像直播间里有很多人。古勒莫的表弟一开始便督促我和这个叫达钦的邻居一直点红心，不要停，最好刷点小礼物。他自己刷了三个穿云箭，说刷礼物会很有用。我们都在一刻不停地点红心，点赞已经有三千了，终于进来了一个人，并且没有离开，接着第二个第三个人进来了。一个半小时后，直播结束时，直播间里有两百多人，下了有九单，一百三十五斤牛肉卖出。但大漂亮很不满意，说失策了，不应该在试播的时候就把牛宰杀了，先播几天，等有一定的粉丝量后再上肉才好。古勒莫说没关系，肉不是负担。他显然对成绩很满意，一次试播，就卖出去半头牛的肉，有什么不满意的。

我看他们都对直播中的门道不太在行，都是摸着石头过河的闯荡者，一步一步试探着走。

下午五点，太阳还高高地悬在空中，山谷里的热浪最后的一股劲儿正在发力，大漂亮跟着我回去，我们走得汗流浃背。我们来的时候没有骑摩托车，因为大漂亮说她不回来，而我想多走走路。但现在她又想回去了，我们也只能走回去。古勒莫默然地收拾剩下的肉和直播镜头之外那一摊宰牛后的杂乱现场，这些大漂亮不负责，她只负责直播，还有其他一些不用动手干活的事情。

大漂亮询问我对她直播的观感，我想了想，说，很美丽而吸引人，因为进来的那些人没有几个离开就是证明。她说，这么说来，我可以坚持一段时间看看效果？我说，当然可以的，我觉得你会很成功。她说，我觉得也是，但是无论如何，还是有一种出卖色相的意味。我说，你言重了。她叹息说，你知道吗，我在直播的时候，有两三次差点就想冲上去将手机砸碎，或者直接对着镜头破口大骂，不是针对谁，不，是针对所有人，是这个世界，如果咒骂能够毁灭它，我会第一个这么干。我说，这么深仇大恨的，其实可以退一步，牛角尖钻深了伤害自己。她又叹息着说，有些人就是那么愚蠢，不懂得珍惜自己，我就是那种人。

我们走在秋天的劲草之上，一些出众的花和草总能吸引到我们的眼睛，我们一路欣赏。我们转移了话题，说起交换的具体情况，过几天，她会回去一趟，整理自己的东西，寄过来。她让我也加快动作，在她去上海之前寄出去第一批紧要的物品，她会在那边接收，不着急的后面再寄。我说我没有那么多东西，很多东西需要暂时封存在这里。大漂亮的情绪高昂起来，说，我们的这个主意真是妙极了，对吗？什么都是现成的，只是换了个身份，以及后面的融入。经过这么多天的相处，我不担心她受不了牧区的生活，她简直有点如鱼得水，她已经比我更快而有质量地成为一个新型牧民了，而我心里还在踌躇能不能过好城市生活。

但无论如何，换生活的事情终于进入实质性的阶段，我开始逐批出售马匹，这不难，甚至出乎意料地顺利，最后一批十一匹马卖给邻村的一个牧人后，我孑然一身了，没有什么怅然若失的感觉，反而激情鼓荡得愈来愈盛，一个未知的生活在等我涉入。大漂亮回上海一个星期，快速干脆地了结了上海的事务，跟几个朋友告别，和南吉见面。南吉给我打电话，他和大漂亮在酒吧里，喝了几杯酒，舌头微微僵硬地说，想不到你们会干出如此奇妙的事情,你们真牛。尽管已经知道了很久,他还是觉得不可思议,但他很高兴,既高兴大漂亮找到了真正属于自己的目标和生活理想,又高兴时隔多年,又可以和发小一起生活在一个城市。他说,兄弟,你快来,我带你喝遍上海的酒吧,这里是中国最有意思的城市。

大漂亮回来牧场后不久,他们的厂房竣工了,大规模的干肉生产提上日程,她的直播也日渐稳定,每次两三小时的直播,均能售出两三头牛。古勒莫营地已经成为一个规模不小的屠宰场,这是大漂亮最痛苦的事情,她觉得自己正在一片血泥中挥舞着肮脏的钞票。我担心她陷入对自己无休无止的谴责,继而出现更严重的问题,所以花了很大的功夫去开导她。我给她讲了牧人和牲畜之间的关系,游牧中的死亡和杀戮是生存法则,不关乎道德,就像渔民捕捞鱼一样,就是为了生活。不知道是我的话起了作用还是她自己终于放过了自己,反正她慢慢变化了,不再为此那么痛苦了。但她又做了一件让人出乎意料的事情:每次宰杀牛羊之前,她会拿出小提琴,为即将死亡的生灵演奏一曲,她演奏得特别认真,全身心投入,好像是在用音乐的力量抚平她的恐惧。而更出乎意料的是,她被古勒莫说服,为牲畜演奏小提琴的画面也录入直播中,如他所愿,这样的画面吸引了大量的关注,大漂亮的粉丝越来越多,很快突破了五十万的大关,并以更快的速度在增加。漂亮的女人、音乐家、草原、真实的牛和羊、鲜血……这些元素组合在一起,成就了现在的大漂亮,也许这非她所愿,但她已经顾不上去思考了,她被一股巨大的力量推动着,每天忙得不可开交。

这个网名叫"大漂亮在图拉朵"的女人,成了一个直播网红。

黑城之恋

上篇　等待城墙再次成长

我们的关系还没有确定，但心里都有数了。这天晚上，我从家里出来，发信息给她：你到服务中心这里来。知道了，她说，我白天路过的时候，看见那里有人。但现在，外面太黑了，我害怕。那我来接你。我说。不用了，你来接我更害怕。你怕什么？我说。怕什么？你说我怕什么？大半夜的跟一个男人出去，好吗？你到底来不来？再过半个小时看吧，这会儿我看电视呢。她说。那你看吧，不用来了，我回去了。我说。你这个人真没意思。她说。你把我晾在这里算几个意思？我就是开个玩笑。我可不想开玩笑。好了好了，我现在就出来。

我点了一根烟，离开路灯的光圈，站在了黑暗里。楼上办公室的灯亮着，谁在那里？徐金盛，还是都成仓？或者是妇联主席党慧明。这女人的精力实在是太充沛了，干事那叫一个天雷地火。我再往黑处走了几步。约在这里见面实在不安全，但刚才办公室好像没人，我记不太清楚了，我应该朝上面看了一眼，乌漆墨黑一片。但更有可能是我想着要看，结果却没看，我心里装着事。四月的夜晚冷飕飕，我冻得一哆嗦，这才发现自己没有穿衬裤，但这怎么可能？我开始分析自己为什么没穿衬裤，又是什么时候脱掉的。我居然想不起来。往前推，去西宁那几天我穿着呢，我记得在枫林酒店，我洗澡时还在犹豫要不要洗一洗。回来后四天无所事事，但肯定没有脱掉，因为那几天天气很冷。接着去藏毯厂帮朋友看地毯，心血来潮地离开马路，从田野间走路回来，直接越过黑城，走向那段病恹恹的明长城，在那里逗留了很长时间……然后再往前，一直走到了拉脊山脚下，坐在一块很大的、遮风效果极佳的石头背后很长时间——那段时间想了什么？在手机上读网文，听了歌，拍了照片，那天是三月二十八日吧——下午四点过后，起身，活动了僵硬的双腿，回家。膝盖骨里空荡荡的，酸涩感很强。饿得双腿软绵绵的，头冒虚汗。身体这么糟糕吗？我开始害怕起来。那种害怕很复杂，不是单纯担心疾病，而是不能恢复正常、意外受伤会带来的痛苦的煎熬，以及死亡这一终极恐惧，都让我感到害怕。但那时候，我依然穿得很正常。再往后的日子，就是来了一拨客人的这几天。这已经不知道是这一年多时间里的第几拨参观团了。但这次来的这些人有些不一样，他们是书法家、画家、摄影家、戏剧家还有作家，来黑城采风。我知道的时候已经是第二天上午了，书记徐金盛领着他们在石头街上漫步参观，到处指指点点。我站在汪生全家的大门口，看着他们慢慢地走到小广场上，很有兴致地欣赏我们村的几个妇女的广场舞。一曲结束，他们说说笑笑了一阵子，有个卷发红脸膛男子走到广场中央，说要唱一段秦腔。他叫上来一位女士，简单地酝酿了一下，唱起来。我还是第一次当面听人唱秦腔,很有意思。他俩既走台又演唱,表演得很尽力。围过来的人多了,大声叫好,要求再来一段。两位答应着,休息了片刻,又唱起来。

等我到镇上买了膨胀螺丝,租了电钻,又到锦华饭店门口开上车回来时,他们在办公楼底下,支着大铁锅,在揪面片儿。显然,这种午饭他们很喜欢。我放慢车速,数了数,他们有十一个人,有五位女士。我用借超长电线的机会去找文婷,才知道昨晚上有两位女艺术家住在她家。半夜里,她们兴致很高,要去走走石板街,看看月亮,是我陪她们去的。文婷说,昨晚的月亮真大呀,又亮又清晰。石头朝着月亮的一面都在发光。她们激动坏了。

哦,肯定是的。我说,在城市里,哪有月亮的光,都被灯光吃了,还有汽车尾气和乱七八糟的气体。

回来时已经四点了,我都冻死了,她们还舍不得回来。我觉得她们这样的人真好,真诚地喜欢生活的美。

我有些奇怪,难道我们不真诚吗?不一样,我们看见的生活是实实在在的生活,她们却能看见不一样的东西，那应该是隐藏起来的更好的一些什么，但我们看不见。

也许是这么个理，但是你想过没有，我们能发现的很多事情他们却不知道。一时说不上来具体的，但是你好好想想，心里就是有那么一种感觉，我们的很多秘密他们不知道，这个秘密不是那种秘密，是大的那种，就好像……

我知道你的意思。她说，可是我更想成为她们那样的人。

她们是干什么的？

是作家。

她们带书了吗？自己写的书。

她们说太沉了，没带。但是我上网查了，她们写了很多书。

都是些什么书？

有一本好像叫《重返现场》。

是小说吗？

好像是。

肯定不是网络小说，网络作家没时间采风。我接过电线。此时，我们在她家被当作库房的旧房子里，里面很暗。窗户本来就小，现在又钉上了木条加固，幽森森的。我靠上前去，她一闪身，到了门口。中午那会儿，有戏曲家要唱秦腔，你来听吗？

你会去吗？

我当然去。

那我也去。昨天我也听了，功底深厚，唱得好。

我很羡慕那位女老师，她的气质真好，你发现了没？

哪个？

就是唱秦腔的那位女老师啊。

哦，没错。的确非常好。我想，那应该是常年参加舞台表演的效果。

但我做不到。她说。我看出来她真的对自己感到失望了，好像受到了很大的刺激。

不是做不到，是我们从来没有机会，也没有必要去那样做，我们做自己就好了，她们也是在做她们自己，因为职业或者艺术，你才会觉得她们很不一样。

我好像有点驼背，你觉得呢？

没有啊，我没看出来，有吗？

有的。我知道，我走路的时候喜欢塌着肩膀，就好像累得抬不起头一样。

这是一个习惯，改一改就好了。

她父亲去县里了，她妈就在广场上练舞。再过几天，村里的舞蹈队就要去参加演出比赛了，因此，这些天，广场的音乐从早到晚不消停。她妹妹因为疫情，从兰州大学放假回来了，正透过卧室的窗户观察我们。你妹妹在监督我呢，好像害怕我把你拐跑了。我朝文洁挥挥手。她面无表情地看着我。

司马昭之心，路人皆知。

那你什么态度？

不是明摆着吗。

我还是不太明白，你忽远忽近的。

从她家出来，绕过了挖断的巷道，经过古井的时候，有四五个艺术家在那里聊天。聊的正是这口井。这口古井已经有一千年了，是北宋一位叫王厚的威州团练使的"政绩"。他在崇宁三年（公元1104年）时率军攻打青唐城——就是现在的西宁市——逼得青唐王子溪赊罗撒逃到了溪兰山中，再逃至青海湖，最后，又到了溪兰宗堡——现在我所居住的地方，黑城——被王厚围堵歼灭。据《续资治通鉴》记载，这口井是为解决当时守城将士们的吃水问题开掘的。因为水质优良且从不断绝，故一直供人们饮用，到一九九六年，黑城通了自来水，才被封存。我小时候，可没少喝这井水，冬天的时候，帮母亲提水，再后来自个儿来挑水——也没少受罪。当时并不觉得有什么好的，水就是水，难道还能变成饮料，但现在回想——尤其是喝了自来水一对比后——真是大不一样。这口井里的井水的那种干净至纯的感觉，太珍贵了。

我回家前先到土主庙那里看了看。那位画家还在画画，旁边已经有一幅完成的作品了。我在他旁边站了一会儿，他没有看我，很专注地工作着。他画的是石头街的一截，古城墙和那几棵古树都跃然纸上。他身后，土主庙边上的那棵披满了红绸的老树正在发着新芽子，在他斜对面，古城墙豁口下是水泥硬化路，绕了黑城一圈。在二十年前，这个豁口是没有的，我小时候常在城墙上玩，可以完完整整地走一圈，走到南城门了，手脚并用爬过去，接着走。城墙有两三步宽，看起来很高很危险，我却从未掉下来过。因为上墙，那些年母亲揍我的次数数不清。现在,她已经有十来年没有打我了,所以她将这些精力放到了对那些往事的回忆上。几天前,我陪她到城外散步回来,经过北墙根时她又说起一件事。说那一年,我大概八九岁,一场大暴雨过后,城里到处是泥潭,院子里圈了一大汪浑水,墙根小小的排水洞效果不显,我父亲正在旋大排水洞,但一转眼,我不见了。接着她和父亲心有灵犀地朝墙头一看,我蹲在城墙上,正笑嘻嘻地看着他们。适合上墙的地方就在土主庙旁边,他们都不知道我是怎么用这么快的速度跑到土主庙那边上墙又踩着城墙跑回来的。当时我吓得脑子嗡的一下,这可不是平时。母亲说,墙是黄土墙,雨一泡,滑得跟鱼儿背子一样,随便一下,就会栽下来。你父亲气得当晚就犯心脏病了,你这个二流子。她嗔怒地瞪我一眼,看着城墙,陷入了回忆。母亲说的这件事我毫无印象,她以前说的很多我闯过的祸,除了她,估计没人记得。以前不觉得怎么样,但自从父亲走后,她的记忆力越来越好了。我发现,她可以追逐到事件最轻微的细节,而后,由此引出更多的事件。刚开始的时候,大部分事件都没有我参与——我想那是因为我还没有出生,或者太小了——但到了后来,尤其是最近两三年,主角大部分都是我,好像我是在她的故事中慢慢长大,然后引导着事情的发展。

我赶在中午到来之前干完了活儿。母亲花很长时间绣了一幅超大的《百鸟朝凤图》,我拿到西宁市精心装裱。客厅沙发背后的墙一直空着,就等这幅杰作呢。这是母亲刺绣多年来最呕心沥血和雄心勃勃的一幅作品。她多次表明,这是留给我的纪念。我会当传家宝传下去的。每次我都这样说。她虽然呵斥我不正经,但心里却很高兴,绣得更加仔细认真。有时候一坐大半天,抬起眼来,茫然无神,一副心神耗费过度的样子。但她不听劝,执拗的态度体现在作品的进度上,这么大的一幅图,她不到两年便完成了。整个黑城,以及周边村寨,我认为没有可以与这幅作品媲美的刺绣。其配色的精湛、细节的完美、构图的大气令人惊叹。这真的是一幅可以当作传家宝的宝贝,因为里面有母亲倾情投入的精气神和一个母亲对儿子和家的全部情感。

当我将《百鸟朝凤图》挂上去,拉开窗户上的窗纱后,满屋生辉。效果之好,让她高兴得合不拢嘴。看来我是白担心了，搭配得很好啊，你看呢？她满怀信心地问。简直就是不得了。我说，这还不把别人眼热死？以后我们出门，得把门锁牢。胡说。谁会偷这个。就是这个才让人心动，其他的东西哪有这个宝贵，我得小心一些。

她从各个角度观赏、审视。她复杂的感受我无法准确描述，总之，最后她心满意足地去做午饭了。我说去还电线，出门径直走到小广场。综合办公室楼下，几个婶婶又开始做大锅饭了，跳舞的依然在努力。艺术家们参观了一上午，回到了这里，有的坐在凉亭里喝茶，有的站着闲聊。文婷从办公室楼上下来，在大铁锅旁边绕了一圈，慢慢地来到广场。两位戏曲家开始准备表演了。黑城好运小卖部门前下棋的几个老头儿丢下棋子，背着手也踱过来。我站在文婷身边，朝她笑笑。我妈的刺绣挂上墙了。我说。肯定非常好看，我想去看看。她说。那你下午过来吧。我说。我不好意思，太不好意思了。她一个劲地摇头。也不着急，反正以后你有的是时间看，可以看一辈子。我小声说。不要脸。她躲开我一些距离。下午我去镇上，你要去吗？我不跟你一起去。她说。这时候，男戏曲家说了几句对黑城的感受和感谢的话，要开唱了。他们唱的是《秦香莲》中的一段，有六七分钟长。

听完一曲，满足地吐出一口气，我决定好好研究研究秦腔，既然这么喜欢，那就尽情地去听吧，去唱吧。这是一个高级的爱好，没有人会反对。我发现文婷的目光一直追随着那位女戏曲家，她的羡慕再次显露无遗地表现在脸上。要不要去认识一下？不用，有什么意义呢？可以学习唱戏啊。她看了我一眼，我什么时候说过喜欢唱戏吗？我被噎得没话说。她已经变得兴味索然，没有交谈的兴致了，她甚至都不再看任何人一眼。她走后一会儿，我抖抖手里的电线，追了上去。

音乐响起，争分夺秒的婶婶们又开始跳起来了。我说。

她们怎么了？她们的现在，就是我的将来。她情绪低落，说话很冲。

很好啊，老年人，开开心心身体健康就是一切。我说错什么了吗？

我只不过是说了句实话，你就不耐烦了。她毫不客气地推开我，说，推土机来了，让开。

你们家的推土机长这样？这是挖掘机。

反正我看到了几十年后的自己，我是农村女人，又有什么区别。

不一样的，时代发展这么快，说不定到时候我们都成城里人了。

可是意义没有变，我还是和她们一样，做着一样的事。

我们的事情不都一样吗，大同小异的事，生活也这样。我被搞糊涂了，我能理解她心中的不甘与反抗，但正是这种态度在我看来是完全没有必要的，因为做大众里的一员就很好，我很不想让她因为不甘心而去辛苦做事。那你想干什么，你可以不跳广场舞啊，再说，到了那个时候，谁知道有没有广场舞。

这么说，你其实心里也是这么想的。她一副果然如此的表情。

你明明知道我不是那个意思。我说。我的火气也上来了，但我不想让她看出来。

那你什么意思？她依然不依不饶。就算……她有些哽咽。就算到时候我不跳广场舞，可我也是一个农村的老太婆，我永远成不了另外一种人，我早就知道了，因为我没有上好学，没有学历没有知识，也没有什么才华，无论我羡慕什么想要干什么我都没有那种才华，我越想做别的事就越觉得最适合做的就是一个农村妇女，你说我怎么办？我该干什么？我是想唱戏，可是我得有那个天赋，得有一副好嗓子啊，得有一副好身材啊，你看看我这个矮子，你再看那个老师，看看她的条件你再看看我，你跟我说我能干什么？我可以干什么？

我想抱抱她，被推开。巷道里空而静，挖管道的工人不在，昨天新翻出来的泥土吐露出农村的气息。我仰着头，看着城墙根那一排杨柳的干干的枝条垂下，贴着土墙乘凉。听着她轻轻地抽泣，心里一阵刺痛。如果去爱一个人的前提是要了解她，那我做得远远不够，是根本不合格的。我根本不了解她的心思，不知道她在想什么，不知道她精神的苦楚，我只是想得到她，让她成为我的妻子。但是，然后呢？我没有想过，或者，是潜意识中有了固定的传统的不需要去追寻的答案：一个农村的家庭妇女。是这样吗？我真不知道了。此刻的答案，很有可能已经被篡改了，我已经不承认了。

好一会儿后,她渐渐平复下来。我握住她的手,心里一阵发虚。现在,不管她怎么想,我认为自己还没有做她男人的资格,但又因为这个突然的事件,我觉得更有信心了,因为我知道了她的苦闷,我可以和她一起去抗争去奋斗。别担心,我说。无论你想干什么,我都会陪着你,和你一起努力。我还会和你一起变老,就算是去跳舞,我也和你一起跳,不和别的老太婆跳。

你讨厌,我才不去跳,要去你去,你和那些大妈打情骂俏,你最适合干这个。

行啊,只要你没问题,我完全没问题。

你要是敢和别的女人多说一句话,我饶不了你。

我的天哪,你还没进家门就吃上醋了?我可怎么活啊。

你现在后悔完全来得及,我可以放你一马。

晚了,现在九头牛也拉不回我了。成功地逗她开心起来,我将电线递给她,朝大门内张望,再一次看见文洁正看着我们。我张张嘴,涌上喉咙的难听话还是咽了下去,再怎么说她也没错,又是未来的小姨子,又是很有上进心的大学生,给点面子吧。文婷似笑非笑地觑着我。一看你的表情，就知道准不是好话。知道文洁怎么说你吗？说你是个狡猾的善于伪装的人。我伪装什么了？我说，我爱你是真的。肉麻。她说你肯定心里在骂她，她从你的表情上看得清清楚楚。这么说来，她比你了解我，干脆你们姐妹都嫁给我算了。请你转告她，我也会好好爱她的。她朝妹妹招手让她出来。我掐了一下她的脸蛋落荒而逃。文婷在身后喊，你要是能和她争辩半个小时，我就什么都听你的。我迟疑了一下，但随即强忍回头的冲动离开巷子。

四月二十八日这天晚上十一点多，我看完了《一念永恒》最后一章。这部网络小说我断断续续看了半年，总体感觉还是挺不错的。回想自己这十来年的阅读水平，觉得有所进步。我记得第一次读网文还是二〇一〇年的冬天，那天我去找都成毅，他正在读小说。他用手机读，用的是一部灰色屏幕的诺基亚手机，他每读一行便要摁一下键再翻出来一行。但一行只有十几个字，所以他要一刻不停地摁键。我问他为什么不设置成翻页，这样摁一次键可以读到一页文字，最起码有五六十个字吧。他说他不习惯那样读。正是他引导我读网文的。我读的第一本书是关于三国的，名字现在已经想不起来了。但我记得第二本书是《寻秦记》，那本书太好看了，我一口气读了两遍，并受到此书的影响，喜欢上了战国先秦时期的历史。有关这方面的书籍或者影视作品，我会多看几眼。我和都成毅由此成为阅读伙伴，经常交换阅读体会，分享好书。他是一个很有身份的人，从过去到现在一直是。他很看重家族荣耀，绝不干有辱门风的事情。小时候，我们几个常常闯祸的小子中，他是最有顾虑的一个，长大后他也是最稳重的一个。他的先祖，是南京江宁府上元县人，始祖官至清五品钦差，后迁至青海，入籍湟中县，并在民国年间移至黑城村落户。说起他祖上的事迹，尽管都成毅也一知半解，但他在这方面的收集和整理上是下了一些功夫的，说起那许多年前在南京城里正月十五的花灯，那欢乐时刻发生的意外，又因为这些意外而造成的流放，前往这遥远的边疆路途上的遭遇……家族的坎坷艰辛，代代奋斗代代相传的精神，如同家谱一样清晰地传承在他的血脉中。事实上，不只是他都氏家族，黑城的如解氏、汪氏、刘氏、田氏，还有我这一脉人丁稀薄的冯氏，祖籍都在南京，都是那一次意义深远的元宵节中的"罪犯"。那些无法一一证实的陈年旧事,于后辈的猜测与推断中拼补出一个个家族迁徙的轮廓。而这些从南方来的祖先们,他们的后人经过几代后,又成为地地道道的北方人。所以对我们这些后人而言,所谓的南北之分,早就在先祖们的迁移中化为乌有,剩下的,只有一颗中国心。

夜晚总是流淌进历史的大河中,让清醒着等待的人经历某种精心安排的时间去回顾体味。我睡意尽去,心如鹿撞,于是穿好衣服,走到外面石板街上。夜晚的黑城寂静无声,仿佛回到了远古时期,让人有一种胆怯却好奇的懵懂意味。我心里喜滋滋的,很快走出石板街,从北门出了城,延续多年的习惯,迈着多年来形成的步子,我开始再一次绕走我的黑城。这次没有数步子。也不用数,这个小游戏我玩得太多了,在我养成散步的习惯之前——大概就是从八九岁开始的——我便养成了丈量黑城的习惯。东面二百一十三步,西面二百一十四步,南北分别是二百零二步和二百步。这是近两年比较准确的数字。但在以前,我的成长没有定型之前,数字的变动是很频繁的,几乎每个季节都不一样。这个小游戏陪伴了我很长一段时光，特别是在我心情不好的时候，我会独自享受这个在别人看来万分枯燥乏味的游戏。我会一圈接一圈地走，走一步数一步，把每一步控制得差不多，越精准越好，乐此不疲。当然，儿时的游戏现在成为生活的一部分，并且是最重要最难以割舍的那一部分。这些年我才渐渐地有些明白，我是把生活中日常的一部分很自然地转化为一种更具有意义的形式，我将去长途旅行的步伐浓缩在了黑城身上，具体在了少年时的城墙上。黄土坯的墙头，收缩了世界的比例，我不用离开，就可以走完整个世界。这就是我这些年从来没有离开过的原因。我总有一种感觉，或者更像是一种仿佛受到保护的直觉：这黑城的城墙，受尽岁月和历史的盘剥，经历了高原的沧海桑田后，重新焕发生机，宛如枯树抽芽，将再次成长起来。说不定在某一天，我再次走出家门，悠悠地拐过北门，倚着墙根，沿着庄稼密匝匝的田埂踱步，恍惚间，这段厚腾腾的城郭产生新的步数，已悄然生长了一截，围绕它的庄稼荡漾，它也在春意沉醉的晚风中扬起一片得意的微尘。

下篇　谁在承风岭遥望黑城

文婷戴着黑色的口罩，一顶同样黑色的却印有一个金边大蝴蝶的鸭舌遮阳帽，她迟疑不定的样子把我搞笑了。但她很严肃。这里有摄像头你不知道吗？谁闲得没事会去查看监控记录呢，别担心。我安慰她。你说得真轻巧，我们就不能去外面吗？我怕你不愿意。你是我肚子里的蛔虫吗？她带着点你不要自以为是的嘲讽口气。好吧，那我们到外面去。你先走。干吗？会有人看见的。她坚持不和我一起走。到下面的路上等我。她说。那里车来车往，更招人好奇。我说。哎呀，就一会儿嘛，我们一起到地里去走走。好好好，我先走了。

时间是十点半，四月底的夜风带着微凉的大地复苏的气味，像无心睡眠的游客一样在石头街上晃荡。街上空无一人，两边崭新的刷了黄色油漆的门面在路灯照明下闪着亮光，和地上的石板一样让人感到有点陌生。我很快走到了土主庙前，往后看看，从左边走出城堡。没过一会儿,她快步走来了,急匆匆拉着我的袖口,就离开路面,走进一片没有耕种的地里。我任由她做主,很高兴她对我的态度有了变化。

你要带我去哪里啊?我害怕了。

那你回去啊,你不是有很多要聊天的女朋友吗,我是不是耽搁你宝贵的时间了?

停停停,我投降。你这个伶牙俐齿的小妖精。

是你先惹我的。

对对,是我的错。

你叫我出来,有什么事?

没多大事,就是想见见你。

我们天天在见面。

是啊,但还是不够。

少来,我才不会感动呢。你这个人的嘴,骗死人的鬼。

大晚上的,不要乱说。

我待不了多长时间,我是撒谎跑出来的,那两位老师还在看电视呢。

她们怎么样?

特别好，我越来越羡慕她们了。

别羡慕，因为她们也在羡慕你。

为什么？

因为你年轻又漂亮，住在一个历史文化悠久的古色古香的小城堡中，还有很多暗恋你心仪你的小伙子。

得了吧，就算我很享受这种夸奖，我也不感激你。你见过她们吗，她们一个比一个漂亮，而且，而且在气质这一块，她们拿捏得死死的。

我好像没见过，那天中午她们好像不在。

那天她们去藏毯厂了。

这些艺术家还要待多长时间？

好像再待两天就走了。

你们已经成为朋友，以后你可以去找她们。

嗯。她突然不说话了，默默地走着，好像陷入了一场耗神的回忆中，过了好一会儿，她才发现我们的手紧紧地握在一起。但她没有挣脱的意思。在这块两亩见方的地里，我们来来回回走了几遍，她说要回去了。你从北门回。她说。你先回去吧，我再待一会儿。干什么，别着凉了。她说，哦，我知道了，你还要约会。我突然抱住她，亲吻了她。她挣脱的巧妙令我吃惊，一愣神，她已然消失在地头的路上，脚步声清晰可闻。

我磨蹭了片刻，感到虚惊一场。至于惊了什么，却不得要领。我想，是因为她终于表明了态度吧。然而我很早就明白她的态度——她没有说，却等于说了——并且相当笃定我们会走到一起，但是这个吻却意义非凡，是定情之吻，说是订婚之吻也未尝不可。

我又朝夜的深处走了一会儿，也不知道想去哪里，但不想回家的情绪还是很强烈的。况且我也已经习惯了黑暗，眼睛派上了用场。我仿佛被一股力量引领，正在径直地朝拉脊山的方向走，很快便走到硬化路面上。远处庄子里有狗叫，附近除了路灯，还有几辆施工的翻斗车停在路边的空地上。一大块蓝色铁皮不知什么时候被风吹到了这里，有棱尖的一个角很深地插进了地里，整体的形状像毕加索简化版的公牛。我走到这里，再没有往前，折返向回黑城的小道，绕过北门的畜牧养殖基地，回到家里。母亲还没睡。才回来。她说。到外面走了走。我说。她关了电视，去厨房慢吞吞地喝茶，又走回客厅，看了一会儿自己的杰作。我刷了牙洗了把脸从卫生间出来时,她还在那里站着。你再不睡,小心又失眠。我说,我现在一过十二点不睡着也会失眠。那是因为你有心事。你和文婷的事,能成吗?她突然有些忐忑,似乎在害怕什么,这种充满各种意外和不确定性的感情事,是最难以控制的。当然能成,她家里人都知道我们的事,谁也没有出来反对,文婷说她爸爸很平淡,说明是同意的。我说。你明天带她来家里,我和她说说话。好的,她正好想来看看你的这幅刺绣。我说。那个丫头是个心灵手巧的机灵人,要是她想学,我就把我的这点手艺全部教给她。她说。嗯,这个以后再说吧,以后有的是时间。我说。时间不多了,你这个憨头啥也不知道。她突然恼怒地说。好好好,明天你自己跟她说。你说我去他们家里一趟成吗?你去干什么?根本没必要,到时候让媒人去就可以了。我说,至于什么时候去,我和她商量一下。

我敢说,所有为情所困的人都是合格的失眠症患者。第二天,我一脸疲倦地去了镇上的农商行,汇了一笔款子到玉树。我和玉树的万德才让合作虫草买卖有七八个年头了。我们双方都很满意。每年我从他那里收购几批虫草,再通过早已建立完善并且很稳定的网络渠道发到南方各省。虽然没有做大做强，但每年都会有新的顾客加入我建立的虫草群里来。这个群我没有起关于虫草的名字。当时心血来潮，觉得卖什么就叫什么没意思，就起了个"不要让生命有晃动的必要"这样一个古古怪怪的名字。最早只添加了五个人，都是浙江人。而且这还是我认识的所有的外省人。当时，说实话我并没有抱多大希望，更没想过将这一行干长久。但是世事就是这么奇妙，群里的一位大姐成了我的贵人，她先是购买了一批量不大的虫草，很快又买了三百根。接着，她将她的亲戚和朋友都介绍给了我，这些人又介绍了一些人……几年下来，这个群已经声势浩大，群里最多的是浙江人，然后是福建人和广东人。这些南方人成为我经济稳定的强力支持者，得益于他们，我不用到外面打工谋生，可以在家陪着母亲，整日里无所事事，像一个乡村的二流子。每年五六七三个月的鲜草期，是我收入最多的时候，其他的时候，我好像在领工资一样，每个月或多或少，都会有一笔干虫草销售的收入。我购置了一个专门用来放虫草的冰箱，现在已经快空置了。这笔钱汇给万德才让用来进山收购虫草。我坐在家里，静候佳音。回想起来,是很多因素相互关联起来,才促使我成为一个贩卖虫草的"生意人",但实际上,我不是。我很有一种觉悟,无论我真正要干什么都可以,却绝不会成为真正的生意人。那么我究竟想干什么呢?这就和文婷一样,我也不明白。好像我一直在找,很难找到。开始的几年,因为太过于无所事事,我有些焦灼。脑子里想很多点子,最后一一删除。最接近于我内心的热爱又很想干的事情是画画。我买了颜料和笔、画布、各种油画画册、画架,以及一些零零碎碎的工具,下载了很多教授油画的付费视频课。我认真学了五天,又加了一个周末,然后再也没去动画笔。我耐心地考虑了两个星期,放弃了画画,将培养出来的耐心用在了今后几年的生活中,焦躁不安的感觉没有了。

对于我没有目标的生活母亲一点也不担心,我能够挣到足够的钱养家糊口,又不用外出打工让她操心,她觉得这很好。至于将来,她说,啥事情都有头有尾,你别担心,该你想干事情的时候,谁也拦不住。母亲说的当然对,事情就是这样。我还没到时候。于是我开始读书,发现了网络世界的虚幻中存在的那一部分真实,居然比在现实中更让人重视。但是，现实之真与虚幻之真的结合，好像一个混血儿，因为背景的不同，衍生出的问题更多更棘手。宽泛地说这些和我没关系，可无论如何，我都或多或少地利用了这种现象，给自己谋取了一份利益。但是渐渐地，我竟生出一股反感来。我知道这来自太安逸，安逸的种子抵达我心智边缘后扎下根来，盘根错节成为一道解不开的难题，好像在告诉我，无论我将来有什么糟糕的命运都是罪有应得，因为我现在过早地过上了安逸的生活。我不知道那些和我一样甚至更年轻的选择"躺平"的人，他们的心灵有没有收到警告，反正我是收到了，但没当回事。我对自己说，得了吧，你根本没躺平，你不是每天都在忙吗。瞎忙也是忙。再说，谈恋爱是一件真正重要的事，是顶顶要紧的事。

给文婷打电话。我在镇上呢，你来吗？你怎么不来接我？她埋怨道。我怕我小姨子。我说。巧了，她说她也怕你。她说。怕我还那么欺负我，这就是女人的反话吗？行，你等着吧，我们马上过去，你在哪儿啊？文洁也要来吗，她来干什么？文洁，他问你想干什么。文婷在那边喊。好了好了，我开玩笑的，你们一起来，我请你们喝奶茶。我说。

我开车到了麒麟河边上，停好车，在"时光逡巡"奶茶店门口等她们。万德打来电话，说明天就进山。受到疫情影响，今年的虫草价格上涨了不少，所以我也要涨价了。我想是不是在虫草酒这方面再努力一下。这是一条路，可以走走看。你出多少就能卖多少。不算不知道，在我的账本上，从去年五月到今年四月，这十一个月里，虫草酒总共卖出了一千七百五十瓶，每一瓶都是三斤装的，里面放十五根虫草，有百分之十的利润。已经很可以了，虫草的利润大都没有这么高。我想起来第一次去拜访文婷父母的时候，给她爸带的就是两瓶虫草酒。由此自然而然地谈到我的虫草生意，当他得知我一年在虫草上能挣那么多的时候，他非常吃惊，很怀疑我的话。我干工程，一年累死累活也挣不到这么多。他说。特产这么挣钱吗？这要看人脉资源。我说，大部分做虫草的都挣得不多，我只是运气好一点。也不全是运气，你有这个头脑。他开始对我好言好语起来，我们喝了一斤都成仓家自酿的青稞酒，他说出了自己的秘密。我有六十万外债收不回来，都是工程款。但是，我跟家里说的是二十万，我怕她们太担心。他说。

我等了半个小时，她们从我身后出现。文洁大大咧咧地拍我的肩膀，戏谑道：姐夫你好。听说姐夫你要娶我当小老婆？文婷在一旁掩嘴而笑。我张了张嘴，尴尬地笑笑，开玩笑开玩笑。我还当真的呢，姐夫，姐夫你变了。我终于见识到了文洁的厉害，不敢接话，请她们进入奶茶店，上了二楼。她们一个要了珍珠奶茶，一个要了椰果奶茶。茶饮来了后，文洁吸了一口，说还行，没有我想的那么糟糕。小地方的小店，你将就着喝。我说。

是啊，姐夫，这里没意思，你什么时候带我们去西宁玩儿啊？

很快很快，等忙完这段时间。

这段时间是多久啊？她不依不饶。

呃，也就两个月。

两个月？我都回学校了，都忘了你这个人了，你真没诚意。

也是也是，不能让小姨子忘掉姐夫，那就过几天吧，我安排时间，提前通知你。

这还差不多，姐，你男人狡猾得很哪。

闭上你的臭嘴。文婷去掐文洁的腰，你再胡说看看。

你们两口子要谋害亲妹妹。文洁挣脱出来，挪到我这边坐下，大大咧咧地盯着我看。我看着文婷，文婷看着文洁。我们奇妙地僵持了片刻。在这两姐妹面前，我充满了挫折感，我想也许是她们的默契带给我的压力，因为我和文婷没有这样的默契——不用说话不用看对方，仅凭感觉就能心领神会——而我也不敢保证，今后的我们会有这样的默契。我没有见过这样的夫妻，所以我不知道。

我说得很少，大部分时候都是文洁在说。她的思绪跳脱得很，一会儿这里一会儿那里。我这是第一次如此近距离观察她。她几乎常年在外面上学，即便小时候，在这么小的城堡里，我也没有留下多少有关她的印象。好像一转眼，她便以大姑娘的模样出现在眼前，平心而论，她长得比姐姐更漂亮，皮肤有一种南方人的白，很干净。但是，她的性格却让人不喜欢，总有一种掌控欲，说话很强硬，语气没有文婷温柔。虽然严格来说文婷说话也很冲，但是在大部分时候，她是很平和的。她会生气，却也会调节自己去妥协。我觉得这一点很重要，要是以后结婚，有矛盾永远是我的错，尽管也可以，但终究是不平衡的。我揣测，文洁将来的婚姻一片黯淡。她已经不小了，性格想要改变几乎不可能。而且，这么小话就这么多，年龄再大一些……我几乎看见了一个絮絮叨叨没完没了的怨妇。

从奶茶店出来，沿着麒麟河走了一会儿，我们随便找了个小吃店，点了两个小炒和一份羊肚汤。这家店的招牌菜就是这汤，也的确有几分滋味。只要了一碗米饭。这姐妹俩对待吃饭都有一种与生俱来的警惕。半天才吃一口，在我看来完全就是浅尝辄止，猫都比她们吃得多。她们看着我吃，我也吃不下，草草扒拉几口。文洁吵着嚷着要去爬山。

我们沿着明城墙慢慢走。这一段长长的残破的古长城，曾担负着多少的重任，又经历多少人间的战火演绎。说老实话，以前，我不在意这些，无论过去发生过什么，那都是已经远去并对我的生活产生不了动摇的历史。我不想知道，当然可以。即便是现在，哪怕是将来，抛开身份的好奇和对本地历史意义的追寻，我依然可以对此一无所知，没有非知不可的必要。但是，转变是在我开始读书后发生的，我读那些网络上的历史架空小说，又读唐、明、清、民国年间的小说，很自然地培养出历史观，有了考证的兴趣，这是我没有预料到的。虽然我不是这方面的专家，也无意去刨根问底，我只是想了解一下真正的历史背景，以便在读书时有自己的思考。这样一来二去，储备了一些历史知识，可算是意外之喜。我已经觉察到了自己在阅读方面的转变，对网络小说的热忱正在消退，我今年的阅读比例就是很好的说明，历史书籍和纯文学作品占据了大多数时间，除了《一念永恒》，我甚至想不起来今年还读了什么网络小说。而且，我已经打算找一些家乡的地方志之类的书籍，花时间好好研究研究。既然阅读的道路将我引导至这个方向，那我也乐于接受，去追根溯源一下。至少，我得弄清楚我的祖先在南方是什么人，来这里又发生了什么。一条线的脉络如果一头清晰地出现在我身上，并扯动着我的心脉的话，那么就是另一头在召唤。我现在越来越明白，一个人活过二十五岁，便会进入一个成熟期。这个成熟不是平常认为的那种成熟，而是以一种觉悟了的心态，开始寻找自身的一些东西，又去除一些怀疑的东西。来来去去地折腾，总会有结果出现的。当然，我现在并不想知道，我才刚刚开始一段旅程，姑且，将这一段人生称之为寻根吧。这种现象也在文婷的身上出现了，我之所以喜欢她，不是因为她漂亮，是她的某种困惑与追问与我志同道合，我们有话说，尽管我们到现在都没有在这方面好好地、开诚布公地谈一谈，可是这不紧要，因为从一言一行中，我们已经交流了无数次，在更深的精神和意识中，我们交谈了无数次。我很庆幸能遇到她。

拐上一条通往弟兄山的小道，经过一个养牛的大棚时，从里面跑出来一只白狗，看样子是藏狗和农村土狗杂交的品种。它跑向我们，自来熟地摇着尾巴，跟着我们走了一段路，直到看见一群西门塔尔奶牛和放牛的一个男人，才丢下我们跑去那里。

再往前的路，转向山下，我们离开土路，拣了一条上山的羊肠小道，弯弯绕绕地在树木和沟渠间盘旋而上。走了将近一个小时，抵达山顶。天气晴好，空气干净，极远的地方也轮廓清晰，而脚下的村庄、工厂和田野，尽收眼底。黑城犹如一座平地隆起的点将台，方方正正地矗立在那里。也许因为是家乡，我们怎么看，都觉得这一带的风景中，黑城最美。但更有可能本身如此，黑城是一座古堡，是承载着太多太多历史生命的古城。

会当凌绝顶，我们谈兴大发。天南地北地胡扯了一通。文洁说到黑城的历史，说是清朝的一个叫杨应琚的官员督建的。我说不是，黑城的历史更早，早在宋朝的时候就已经在此建城了，只不过那时候叫溪兰宗堡，后来翻建或是改建后，才改名为黑城的。

对啊，所以之前的是溪兰宗堡而不是黑城，这是两码事。

怎么就是两码事了？这城从宋朝开始就是一脉相承的，不能这么分割，这就好比一个人因为生病做了一个重大的手术，之后就变成另外一个人了吗？他就非得要改名字吗？

你这个不学无术之徒，溪兰宗堡在上新庄，怎么被你弄到一起了，这是一回事吗？

不学无术之徒？在你眼中，没上过大学，对一些事情一知半解的就是不学无术之徒了？好一个清高的人啊！我气急而笑。我知道不是我搞错了，错了的是她。不知道她是从哪儿得到的论断，或者说她对自己居住的古城历史其实没有多少兴趣——就像以前的我一样——只是在一知半解道听途说上添加了自己的臆断，既然这样——即便不是这样——我又和她争论什么呢？何必呢？

好了好了，几百年前的事情有什么可争的，不管是这个城还是那个堡，不都在我们这一片土地上吗，能跑到哪里去？好好爬个山，你们真是扫兴。文婷生气地转身往回走了。我追上去，很真诚地道歉。我是真的觉得自己有些过分了，一个女孩子嘛，这个年龄，不关注历史，不对这些感兴趣才是正常的，这在中学生的考试中体现得明明白白，那些历史考得好的，大部分都是男学生。我居然和一个女学生争论历史问题，真是不对，平白在文婷面前失了肚量。所以我道歉的态度很好，也很诚恳地对文洁说了对不起。她也显得很不好意思，开玩笑说都怪你，要不是你抢走了我的姐姐，我也不至于这么气急。

第二天，艺术家们打道回府，回到自己的领地去创作了。他们乘车离开时我们很多人到北门送别。文婷和住在她家的两位老师依依不舍地道别，我听见她们在说文婷你一定要去找我们……

黑城重归平静。生活按部就班。五月份到来，城墙根的树木率先垂范，枝叶仿佛一夜间繁茂鼎盛。黑城笼罩于一片绿荫之中，古色古香。我一连忙了十几天，虫草生意的第一茬告一段落。头草是最好的，这是我在这个群里再三强调的，所以当头草一出来，销量相当强劲。我先前预判，由于疫情影响，我的客户的收入也肯定锐减了，尤其是那些开店做生意的，他们更不好过，所以今年的虫草销量并不乐观。但是恰恰相反，今年比任何一年都卖得好。

虫草卖得好，货源却出了问题。今年上去的一批挖虫草的人被遣返了，不管是出于疫情控制的必要还是为了生态，反正不让挖虫草了。但这不是绝对的，当地人依然可以去挖虫草，只不过少了那么多专业的挖虫草大军，虫草的量必然锐减。谢天谢地的是万德才让不负我的期望，当然他办理的有正规的审批手续，他利用亲朋好友和乡亲的优势，稳住了收购渠道，保证了虫草数量。他庆幸地说，他们村和隔壁村都没有做虫草生意的人，要不然还真难说。半个月里我大部分时间都在西宁，回来的时候去了一个花店，买了一束玫瑰花。但店主告诉我，现在送女朋友更讲究搭配，她建议我送向日葵，其寓意是：入目无他人，四下皆是你。有你时，你是太阳，我目不转睛；无你时，我低头，谁也不见。她让我把这几句话写在装饰精致的卡片上。她在向日葵周边搭配了香槟玫瑰和蓝星花，一束亮丽而不失雅致的花束便完成了。

我平生第一次给女孩子送花，心里有些激动。花束像一个女孩一样文静地坐在副驾驶座位上，一路上我扭头看了多次，相信也无声地笑了多次。我将车停在她家的巷道口，观察周围有没有人。我终究不好意思让别人看见我拿着花扭扭捏捏的样子，而我在这方面也终究大胆不起来。给文婷打电话，让她出来。干什么？她那边很吵，好像是洗衣机在转动。就一会儿，我在你家门口。我说。

过一会儿，出来的是文洁。

有啥事，我姐忙着呢。她走过来看见花，笑容就有了。

一会儿时间也没有吗，什么事情那么忙？

她手里有活儿。她看着花说，这是送花来了？你好浪漫呀，这花真漂亮。

我心里非常非常失落，那么兴致高昂地来，却如此扫兴。但我尽量没有表现出来，将花递给她。请帮我转交给你姐，这是我平生第一次送花给女孩子，本来想着亲手交给她。

要不我去叫她出来，或者你进去？

不了，你转交给她吧。

她拿着花回去，走得很慢，在很认真地研究着花。进大门前转头，朝我挥挥手。我狠狠地捶打一下方向盘，回家去。刚刚停好车，文婷来电话了。我没接。她一连打了五个，我都没接。我要用这种方式告诉她我很生气。

她在微信里发来了语音，语气很温柔并带有歉意，说不知道是这么重要的事，正好在和面要蒸馍，手上全是面，就让文洁去了。她一连说了三个对不起，我的气也消了。回复说没关系，只是心里有些失落，你以后要为此补偿我。她回：嗯嗯，我一定补偿，我心里也突然很不好受，感觉特别对不起你，这也是第一次有人送花给我，而且还是我从来没有奢望过的。我说，为什么没有奢望，是对我没有信心吗？我就那么"直男"吗？她说，也不是，就是觉得好像这种浪漫离我们很远，很不接近我们的生活。我说，那你就错了，而且以后也要有觉悟，我可是一个很会浪漫的人。她说，哦，是吗？那你还对谁浪漫过？是怎么浪漫的？我说，你刚刚收了我的花，就不能不攻击我吗？她说，我就是好奇嘛，好奇也不行？我说，卡片你读了吗？她说，读了，读了好几遍。但之前文洁给我念了一遍。我很感动，但也羞死了。我妈就在旁边听着呢。不过，还是特别开心，谢谢你。她缀上一个吻的表情。我说，那你先忙去吧。也给她一个吻。她说，嗯嗯，好的。最后说一句，文洁快羡慕死我了。

接下来的两三个小时，我都不知道自己干了什么。快到傍晚时，我发现自己坐在院子里垫着厚软垫子的石凳上——我想我是从自己的卧室里出来的——看着母亲在菜园里忙碌。她在翻地，要种菜了。

你怎么又自己干上了？我不是说过我来抽个空种上吗？我接过她手里的铁锹，她已经把地翻得差不多了。

我看你在想事情，就没叫你。翻深一点，整整一铁锹都踩下去……

行行,我知道了,你去做饭吧。

已经做好了,早上我搓了青稞面鱼。

种子呢,今天就撒上吗?

你别管,你翻完就行了,我明天自己种,你不知道怎么种。

下午,我网购的一批书到了。有《东坡诗集》《人间词话》《老残游记》《西京杂记》《博物志》。《史记》我已经有一套中华书局点校版的,这次又买了岳麓书社版,为了更有利于阅读,配套地买了《史记的读法》一书。另外,经人介绍,我也买了《续资治通鉴》和《西宁府新志》一套。

这是我第一次如此大规模地买书,竟然有一种喜悦的成就感,好像我已经读完这些书,并将书上的内容据为己有了。晚上在自己的房间里,看着摆上小书架的这些书籍,心境有所变化,仿佛这里成为一个更安全的地方。不得不说,我这次大量地买书,决心做一个"读书人"是有诱发原因的。那些艺术家作家的到来是一个契机,因为那天在村委会议室的欢迎会上,我们几个有闲空的村民也去陪席。艺术家们谈吐不凡，我受到刺激，生出不甘之心。所以别说文婷，我也感慨良多，并做了决定。我没有和文婷说，是虚荣心好胜心使然，在她面前，我不由自主地就想显得自信一些，摆出一副智珠在握的样子去开导她……其实我内心惘然忐忑，未来的人生，该去怎么安排？是随意而去，到哪算哪，还是逼迫自己一把，压榨出隐藏的那股力量？一边是安逸但会很平庸，一边虽艰辛却能有作为。我劝文婷顺其自然，是因为我不想她那么辛苦那么痛苦，但我自己却不甘心，我隐约有一种直觉，认为朝着地方历史、民俗文化方向搞搞研究，可能有所收获。但这谁说得准？无论搞什么，对我来说都是摸着石头过河，难免磕磕碰碰。说不定到了中途，我就力竭，被淹死了。不过我还是下了决心，买了这些书想先学习起来，做一些尝试。世事无常，以前在学校读书的时候，我读过的课外书全部加起来可能都没有十本，现在居然要一套一套地去读。这些书摆在眼前，并没有吓到我，反而有一股豪情，让我信心十足起来，觉得求知学习之路可期。

我先开始读《青海地方史志文献》上册。十点多的时候，文婷发来微信语音，问我在干吗。我说在读书。上进的孩子。她说。将要娶一个优秀的女孩做妻子，我当然要努力上进了，不能让她瞧不起。我说。除了你瞧不起别人，还会有人瞧不起你？说这话你负责吗？我什么时候瞧不起人了？我说，有啊，你明明就在瞧不起我。她说，我怎么瞧不起你了，这又从何说起？我说，上次，那应该是十几天前，还是几个月前？反正我觉得很久了，你答应了我要单独带我去登山望远，却想不到你只是随口一说，你不是瞧不起我是什么？我恍然大悟，的确，在那次和姐妹俩登山回来后我答应过她，却真的忘了。但眼下我无论如何也不会承认的。我的打算是等到最好的季节带你去，既然你这么说，我必须得行动了，那就明天吧，我们去登山。到了夏天我们再去一次，说不定那时候你已经是我的未婚妻了。我说。你想得美，八字还没有一撇呢。想要我可以啊，先去过老头儿老太太那一关吧，哦，对了，还有文洁那一关。她说。文洁都已经叫我姐夫了，她肯定是站在我这边的，我的小姨子对我最好了。至于岳父岳母大人那里——我们一起努力！我说。你的最好的小姨子已经变卦了，她说你不好，不是姐夫了，因为你没有给她送花。哎呀哎呀，我不能给你送花的时候还给她送花，这是我对你的心意。不过，你跟小姨子说，姐夫我下次买两束大大的花给她赔礼道歉。我不说，你自己去说吧。行行，我自己说。那我们说定了，明天早上十点，我们在明长城遗址碑那里集合，不见不散。我准备一些吃的东西，我们登山野炊去。

母亲还在看电视。这段时间她迷上电视剧《人世间》了，只要哪个频道上播放着，不管看没看过，她都看。我说了明天和文婷去登山，她很高兴，起身就要去准备食物。我劝住她，超市里现成的东西就行了，不必麻烦。但她觉得还是准备一些好，比如烙几张薄饼，或者做些馅饼。我看劝不住，就让她明天早上再做。我们十点才出发，时间足够。

第二天上午九点半的时候，我已经将车开到立着"明长城遗址"的石碑那里，等候文婷。我在想，她会用什么方法甩脱文洁。我担心文洁会跟着来，她能做出来，她才不管我欢不欢迎。或许她会故意来，成心让我难受。

文婷一个人来了。精心打扮，我看呆了。她脸红了。她恼怒我幸灾乐祸似的笑意，一路上埋怨我，说再也不打扮给我看了。

行驶了不长的时间,拉脊山的一脉群山尽在眼前。这条山脉,不知从何时开始叫拉脊山了,但在过去的历史中,它叫承风岭。我更喜欢这个名字。我找了个地方将车驶下公路,停在路边。从后备厢取出大背包背上。里面装得满满的,很沉。这个专业的登山包是我从西宁一家野旅专卖店里买的,其中还有配套的小壶、小锅、小灶什么的。自从买了后,一直没用过。我撅着屁股往山上爬,她在后面咯咯笑个不停。我很久没有好好运动,这骤然一发力,很快便累得气喘吁吁。第一个山头总算翻过去,对面是更高的山坡,风景也更好,就是远了一点。但看她兴致很高,我话到嘴边又咽下去,实在不好意思就地停下脚步。她想帮忙背一会儿,但我是绝不允许的。你只要照顾好自己就是最大的帮助。我说。

瞧你说的,我难道是娇生惯养的城里人吗?

你细皮嫩肉的,我怕你受伤。再说,哪有让女士背包的道理。

自尊心还挺强,我怕你累瘫了。可别逞能啊,逞能没好结果。

你难道不能说点好听的,或者你对我撒娇也可以,我或许就有无穷的力量了。

你慢慢来吧,我先走了哦,我在前面等你。

她故作轻松地走在前面,有意无意朝我露出戏谑的表情。

你的屁股好圆啊,又大又圆。我也故意大声说。

你你,你闭嘴你这个流氓。她从上面冲下来,狠狠地掐住我胳膊,羞红着脸咬嘴唇。这下,她不敢走在前面了,她犹自愤愤不平地盯着我,你才是真正的大屁股,难看死了。

难看就难看,再难看也是你的男人。

你就这么肯定?

哦,难道你还有疑虑?

有啊,怎么没有。事情的变数可多了去了。夜很长的,所以梦也不会少。

只要我们是彼此唯一的梦。

我们是彼此唯一的梦。她念叨一声,莞尔一笑,那么梦醒了呢?

梦醒的世界,是我们夫妻的恩爱日常。

哼，花言巧语，被你骗的女孩子肯定不少。

我要怎么做你才会相信？我们住得这么近，你什么时候见过我做过出格的事情。我的过去，一片浓郁的荷尔蒙，一点脂粉气都没有。

谁信，我又不是你什么人，干吗监督你？再说，你很优秀吗？我才不在乎呢。

口是心非，前年春天你记得吗，我在北门遇见你，你问我去哪里，我说去大通的花儿会上约联手，你看看你当时的脸色。

你胡说，我没有。她又张牙舞爪地冲过来打我。

怎么没有，你明明吃醋得脸色都变了。我忍受着被她掐捏的疼痛继续逗她。你还哭了吧？说不定骂了我一年呢。

她恨恨地瞪着我。

好了好了，开个玩笑。你没有生气吧？她哼了一声，走在前面了，这次，她故意扭着屁股，像上山的小狗熊。

好不容易翻过一座更高的山，我已经累得满脸又热又涨，心跳半天难以平复。我们走了将近两个小时，却只翻越了两座山头和半个山坡。这段时间里，我和文婷边走边聊，气都喘不上我也想和她说话。她好似明白我的心情，有一会儿看着我的样子好像很感动，几次都想帮我背包，我死活没有同意。我也不知道这包为什么会变得如此沉重，除了水，我记得里面也没有太多有分量的东西。但总算，我们找到一个可以欣赏好风景又平坦的地方，安顿下来。此时已经是中午了，我饿得胃里发酸。休息了一会儿，找来三个大一点的石头摆成三角，用来当锅架。我从包里取出小茶壶和水壶，感觉包一下子轻了不少。文婷好奇包里还有什么，零零碎碎地掏出来一大堆东西。她低声说，登个山，你这么认真干什么？这是我和你第一次单独出来旅行，必须认真对待。我觉得自己今天很会说话，把她感动了几次。剩下的事情她无论如何都不让我干，她让我坐在羊毛毯子上休息，她像勤快的小媳妇忙着做饭。虽然大部分食物都是现成的，但她还是用小小的平底锅将能热的食物都重新热了一遍，她说吃多了凉的荤食会不消化。我很幸福地坐着，看着她，陪她聊天。虽然山川美景尽在眼前，但我无心欣赏，我的眼中，她已然是唯一的风景。饭菜摆在毯子上，我倒了茶，我们相对而坐，笑盈盈地碰茶而饮。然后我狼吞虎咽地吃起来，夸她做的饭好吃。上得厅堂下得厨房，得妻如此，夫复何求？吃完饭，我打开了那瓶红酒，倒在茶杯里，她不喝，我说这是我受苦受累的罪魁祸首，我不想再背它下山。我们碰杯。她喝得少，心情很好。对眼下的美景感到自豪，因为这里是家乡。明长城伏翼在山下，虽断壁残垣却浑厚依然，苍茫之气不衰反增；旁边的一围方形大墙亦是古朴傲然，尽显要塞风范。而我们身后，铁浮屠般的悠长山脉巍巍峨峨，沟沟壑壑纵横捭阖，青绝处闪光，冰暗处纳凉。多多少少，大大小小，崖石依小山，低梁从大峰，挤挤挨挨，却阵列分明。此情此景，激发一种豪迈之情，冲破我遗存的那点儿踌躇，助力我下定了决心。我冲大山发出号叫，发凌云之志：我要读圣贤书，上进求知。我爱家乡，更爱它的曾经与过去，我愿意去了解它、理解它，我要书写它——黑城、拉脊山，我更愿意叫它承风岭，以及这片土地更广袤意义上的风风雨雨，我愿意书写。我要当一个为故乡著书立说的作家。天生我材必有用，既然别人可以做到，既然我相信自己能做到，我就要行动起来。假以时日，可叫人刮目相看。我对文婷说出我的志向。我对她说，文婷，我跟你说过你不比他们任何人差，你甚至比他们优秀，所以你可以做任何你想做的事，无论你想干什么，我都支持你，请你也支持我，我们相互扶持一起走，走出一条自己的道道来。以前，我知道你心怀不甘，你想有一番作为，但是我心疼你，我怕你受苦受累，但现在我想通了，如果不让你称心如意，你会更痛苦，你将来不会原谅自己，所以你开始战斗吧，无论你干什么，我们一起干吧！苦与累算什么，只要我们一条心，我们加油干吧，干出个名堂来给天下人瞧瞧……

文婷说，你醉了吧？她到我身前，轻轻地贴进我怀里。我们结婚吧。她说。好，结婚。如果你父母不答应，我就缠着他们，直到他们答应，你放心，这方面我拿手。文婷扑哧一下笑了，说，哪有你这样的，厚脸皮。

远处的黑城静卧于庄稼地纵横的田野中，艳艳烈阳下蒸腾着烟云，幻姿摇曳，与承风岭上的人儿顾盼生辉。

山上的一对恋人，慢慢下山了。突兀地，一句回音回荡在山间。加油啊，青年们！加油啊，青年们！